# L'ÉTÉ DU CHANGEMENT

# L'ÉTÉ DU CHANGEMENT

SOPHIE ADRIANSEN

Glénat

www.glenat.com


Couvent Sainte-Cécile, 37 rue Servan, 38 000 Grenoble
Loi 49-956 du 16 juillet 1949 sur les publications destinées à la jeunesse.

Dépôt légal : octobre 2020
ISBN : 978-2-344-04322- 6
Achevé d'imprimer en Espagne en septembre 2020 par Liberduplex,
sur papier provenant de forêts gérées de manière durable.

PEFC PEFC/14-38-00302

« Nous devons être le changement
que nous voulons voir dans le monde. »
Gandhi

# 1

– On crève de chaud !

– Tu veux qu'on aille à la piscine ?

– Pas motivée...

La chaleur emprisonne la ville comme la gélatine un entremets. Strasbourg transpire dans son jus. Les rues sont moites. Les immeubles bâillent, toutes portes ouvertes, dans une tentative désespérée de faire entrer de l'air. Désespérée et vaine.

– Ça me stresse de rien faire, j'ai l'impression que c'est du temps perdu, s'agace Mylan.

Le mois de juillet touche à sa fin et ça ne fait que quatre semaines que Cléa, sa meilleure amie, est rentrée. Le père de Cléa dirige une entreprise implantée en France et en Grande-Bretagne, et les parents de l'adolescente ont jugé qu'un séjour prolongé dans un pays anglophone lui serait bénéfique. Cléa vient de passer son année de troisième dans une très chic *secondary school* de Londres. Cléa a manqué à Mylan. Et au mois d'août, ils seront de nouveau éloignés : ils partent en vacances. Séparément. Quinze jours pour Mylan, presque autant pour Cléa.

Avec tout ça, la rentrée sera là sans qu'ils aient vraiment eu le temps de profiter l'un de l'autre. Et au lycée, rien ne dit qu'ils se retrouveront dans la même classe.

– Du moment qu'on est ensemble on s'en fiche, non ? fait remarquer Cléa.

– Non, maintient Mylan. Faut qu'on fasse des trucs, sinon c'est trop naze ! À partir de septembre on se verra peut-être presque plus !

Cléa redécouvre Strasbourg. Elle n'a jamais vu ça : les touristes qui, jusqu'à la semaine dernière, erraient de terrasses couvertes en camions de glaciers, ont disparu. Lorsqu'ils quittent leur chambre d'hôtel, c'est pour se terrer dans la cathédrale, au palais Rohan, dans les musées. Entre les vieilles pierres ou dans n'importe quel lieu climatisé. L'ombre est devenue plus prisée que les premiers soleils en février. Les autochtones, eux, recherchent la fraîcheur du côté des points d'eau – les rives de l'Ill, le bassin du parc de l'Orangerie, les sentiers ombragés de celui de la Citadelle ou encore les piscines entourées de verdure dont sont friands les Allemands.

C'est l'option choisie par Cléa et Mylan qui, jusque-là, ont régulièrement franchi la frontière d'un coup de vélo. Avec son climat continental, l'été à Strasbourg est toujours une prison ; celui-ci l'est plus encore. Mais depuis plusieurs jours, les deux adolescents sont lassés. Ils ont envie d'autre chose. Et surtout, ils veulent économiser leurs efforts. Même l'idée de pédaler jusqu'à l'Allemagne toute proche les décourage.

Aujourd'hui, ils ont trouvé refuge chez Freddie's, leur magasin préféré du centre-ville, une sandwicherie-boutique de gadgets électroniques et autres trouvailles en tous genres dont le gérant a eu la bonne idée d'installer une colonie de chaises sous un nuage diffusant en continu une très fine pluie fraîche. Ce qui n'empêche pas la rue de cracher son haleine brûlante à chaque fois que s'ouvre la porte automatique.

– C'est quoi la bonne action à faire pour être réincarnée en glaçon ? reprend Cléa. Je suis prête à tout !

– Oh mais je suis con ! s'exclame Mylan en guise de réponse.

Il s'est redressé sur son transat et a reposé au sol son verre de thé glacé, vide.

– Quoi ?

– J'hésite à te le dire... T'aimes les surprises, non ?

Mylan semble très satisfait de l'idée qu'il vient d'avoir.

– Mais de quoi tu parles ? répète Cléa.

– C'est le mot *glaçon* qui a fait tilt, déclare Mylan tout en vérifiant quelque chose sur son téléphone. T'es prête à tout, même à prendre le tram ? Je te promets que tu auras froid à l'arrivée.

Cléa fronce les sourcils, sceptique.

– Y a la clim, dans le tram ? finit-elle par demander.

Mylan prend la question pour un assentiment. Il se lève déjà.

Cléa l'imite avec des mouvements lents. L'arrêt de tram est à deux pas mais la simple idée de ces deux pas la fatigue. La surprise de Mylan a intérêt à être à la hauteur.

D'après l'écran, le tramway est « à l'approche ». En attendant qu'il entre dans leur champ de vision, Cléa et Mylan se rangent dans le peu d'ombre que donne le distributeur de tickets, ne manquant pas de changer d'appui régulièrement. Il paraît que les semelles peuvent fondre dans le bitume... Les deux amis ne tiennent pas à vérifier si c'est une légende urbaine.

Le tram apparaît au loin. Cléa lève les yeux sur l'autre écran, celui de la télé présente à toutes les stations. En ce moment, les bulletins exceptionnels s'enchaînent, rappelant de s'hydrater et de sortir le moins possible avant le soir. Ils sont marrants : qui voudrait passer ses vacances enfermé ?

La date du jour envahit l'écran, façon générique de dessin animé. « À la date d'aujourd'hui, l'humanité a dépensé l'ensemble des ressources naturelles que la Terre peut régénérer en un an, affirme la femme qui remplace les chiffres. Nous ne sommes pourtant que le 29 juillet ! Jusqu'à la fin de l'année, nous vivrons à crédit. Nous avons rencontré Sébastien Achmann, docteur en neurosciences, qui nous livre son explication sur le sujet... »

Cléa et Mylan tendent l'oreille. Un homme en costume sombre et cravate à pois explique que, tout en étant conscients du problème environnemental, les humains ne parviennent pas à renoncer à consommer.

– Notre cerveau nous pousse à détruire la planète ? réagit Cléa. C'est difficile à croire. C'est sûr, c'est pas normal qu'il fasse aussi chaud, mais on me fera pas gober que c'est de ma faute.

À l'écran, les spécialistes ont été remplacés par les images de George, dernière tortue géante des Galápagos, décédé en 2012, et d'une chauve-souris d'Australie, la pipistrelle de l'île Christmas, dont l'espèce a été déclarée éteinte en 2017.

– Trop triste, commente Mylan au moment où le tram s'arrête dans un crissement métallique.

– Ouais, ce George méritait d'avoir des enfants tortues, renchérit Cléa en tapotant la poche de sa chemise sans manches.

C'est bon, la carte de crédit de sa mère est bien là. Où est-ce que Mylan l'emmène ?

Elle grimpe dans le tram et se laisse tomber sur le siège voisin de celui où Mylan s'est affalé. La clim souffle une brise poussive sur des voyageurs qui ruissellent trop pour parvenir à sourire.

– Tu me dis toujours pas où on va ? s'enquiert Cléa en regardant le plan de ligne comme s'il allait lui donner un indice.

– Toujours pas. Seule info : on bouge pas avant le terminus, lâche Mylan.

*

Le terminus de cette ligne, Cléa y est descendue cent fois. Avec sa sœur, avec Mylan, et même avec sa mère, qui exceptionnellement n'avait pas voulu prendre la voiture. Elle ne voit pas ce qu'on peut y faire de rafraîchissant. Pas ce qui vaut le coup d'avoir quitté la tranquille mais constante brumisation de chez Freddie's, en tout cas.

Mylan ne dit rien. Il entraîne Cléa entre deux blocs de la zone commerciale. Elle n'avait jamais repéré ce passage, qui ouvre sur un petit bois.

– C'est ça, ton plan ? Une balade dans la forêt ? s'inquiète-t-elle aussitôt.

Ils n'ont même pas emporté à boire.

– On ne va faire que traverser, je te promets que ce sera rapide, la rassure Mylan. C'est juste après. Et puis je suis là pour te protéger du loup !

Cléa lui adresse une grimace. Elle transpire à grosses gouttes depuis qu'ils sont sortis du tram.

L'idée de la balade en forêt n'est pas idiote : il fait un peu moins chaud sous le feuillage. La fraîcheur du bois est presque aussi efficace que les brumisateurs de chez Freddie's. Mais les arbres cèdent vite la place à une vaste plaine au milieu de laquelle trône, posée comme un trophée sur une cheminée...

– Je te présente la *Schneekugel*, s'exclame Mylan, très fier.

– La quoi ?

Comme la plupart des jeunes Strasbourgeois, Cléa a fait de l'allemand au collège – et elle continuera au lycée à la rentrée. Mais là, tout de suite, le vocabulaire lui fait défaut.

– La boule à neige, si tu préfères, traduit Mylan.

Cléa ne voit pas trop ce qu'ils vont faire dans ce dôme métallique poussé comme un champignon sauvage au milieu de rien, et que les rayons intenses du soleil rendent éblouissant.

– OK, et des extraterrestres l'ont déposée là cette nuit ? C'est nouveau et y a de la neige dedans, c'est ça ?

– Viens, on y va. Et arrête de râler !

Un sentier mène du bois à l'arrière du dôme. Lorsqu'ils le contournent enfin, Cléa découvre un restaurant dont la terrasse se déploie façon bistrot d'altitude exposé plein sud. Deux téméraires sont attablés – deux inconscients, plutôt.

Mylan se dirige d'un pas décidé vers l'entrée.

– Donc... tu connais cet endroit ? T'es déjà venu là ? le presse Cléa.

– Une fois, l'été dernier, avec mon cousin. Pendant que tu étais en voyage en Bolivie avec tes parents.

– Pourquoi tu m'en as jamais parlé ?

– J'y ai pas pensé, et après tu étais à Londres... Ça m'est revenu d'un coup quand tu as prononcé le mot « glaçon ». Tu vas voir, c'est génial : l'endroit idéal pour survivre à la canicule.

Les lettres du mot *Skihalle* se déploient sur la façade. Cette fois, Cléa n'a pas besoin de traduction. Les 44° C qu'affiche le thermomètre du parvis la poussent autant que la curiosité à s'approcher des portes battantes. Mylan en ouvre une pour elle. La fraîcheur saisit Cléa à la gorge. Elle l'étreint si subitement que c'en est presque désagréable.

Elle n'est plus en été. Elle n'est plus à quelques kilomètres de la métropole. Elle n'est plus à cent cinquante mètres d'altitude.

En une seconde, Cléa a été propulsée au cœur d'une station de ski. Autour d'elle, une reconstitution à mi-chemin entre la place de village de montagne et la galerie commerciale fait se côtoyer la pierre de taille et le lambris de chalet. Le mélange est kitsch, mais avec un côté Eurodisney plutôt sympa.

Un guichet annonce vendre des forfaits. Juste à côté, un photomaton permet de faire les photos d'identité nécessaires. La boutique en face propose des paires de skis, des planches de surf et des combinaisons à louer. Et derrière tout cela, apparaissant au travers de vitres gigantesques, un télésiège et un tapis roulant encadrent deux pistes, l'une de ski et l'autre de luge, qui en ce début d'après-midi de fin juillet sont fréquentées comme n'importe quelle station des Alpes pendant les vacances d'hiver. Ça slalome, ça godille, ça dévale et ça mange de la poudreuse, mystérieusement crachée par des diffuseurs à peine visibles.

En short rayé et épaules nues, Cléa reprend son souffle. Elle est fascinée mais elle a froid. Tout à coup, elle a envie de ressortir, de retrouver cette chaleur qui ne paraît plus si insupportable.

– Alors, on commence par quoi ? Les combis ou les forfaits ?

– Combis, choisit-elle, en réfrénant des tremblements.

– Go !

*

La première tenue qu'essaie Cléa, grise et violette, lui va comme un gant. Tandis que Mylan tente de fermer une combinaison décorée de perroquets verts déployant leurs ailes sur un fond bleu, Cléa attrape un prospectus vantant la station intérieure :

« Vivre l'expérience des pistes de ski alpines à cent kilomètres des Vosges, en toutes saisons ! », voilà la promesse. En français, en anglais et en allemand.

– Ce qui est cool, c'est qu'ici tu peux skier jusqu'au soir. Pas comme à la montagne où à quinze heures toutes les remontées débrayent ! dit un homme à un autre, en train d'essayer un masque.

Mylan et elle choisissent chacun une paire de miniskis, des chaussures, ils règlent leurs locations puis les forfaits pour l'après-midi.

Mylan pousse Cléa dans la cabine du photomaton.

– Ouistiti... ahhh ! T'es con !

– Parfait, cette grimace ! C'est tout à fait toi !

Ça y est, ils sont totalement équipés. Ils franchissent les rideaux de plastique souple avec la démarche de robots que les obligent à adopter leurs chaussures rigides.

On s'y croirait. Impossible de se dire qu'il fait 44° C à l'extérieur. Les bruits métalliques du télésiège, les crissements des planches sur la neige, les rires des enfants qui dévalent la piste adjacente sur leurs luges colorées... Tout y est – ou presque. « Il ne manque que les paysages », se dit Cléa. Les panoramas alpins sont ici figés sur des photographies géantes tapissées de part et d'autre des pistes.

Il manque également l'authenticité d'une station en contrebas : si la reconstitution peut faire illusion, les spectateurs en tenue d'été qui stationnent contre les vitres rompent le charme.

– J'ai toujours voulu savoir ce que ça faisait d'être un pingouin dans un zoo…, souffle Cléa dans sa combi.

Mylan aussi a l'impression qu'ils sont des animaux en cage. Ou des Playmobils enfermés dans une boule à neige, en effet.

Alors Cléa ferme à demi les yeux et se transporte en altitude, sur le glacier de la Grande Motte, au-dessus de Tignes, où elle a skié cet hiver.

Mylan et elle viennent de se découvrir âmes sœurs également sur des skis : ils ne sont jamais allés à la montagne ensemble mais ils ont le même niveau, descendent à la même cadence, foncent avec la même endurance. Oubliés, les pingouins : ils ne remarquent même plus qu'ils ont du public.

Toujours synchros, ils décident qu'il est temps d'arrêter au même instant. En bas de la piste, ils déchaussent dans un même geste, essoufflés d'une saine fatigue physique, heureux comme si on venait de leur remettre leur flèche d'or.

– Énorme ! lâche Cléa. On revient demain ?

– Carrément ! Je crois qu'il y a des abonnements.

Ils ont presque oublié pourquoi ils étaient venus là. Presque oublié la notion de canicule, eux qui ont passé l'après-midi sur un glacier.

Lorsqu'ils poussent les portes, la chaleur les gifle. Si le mercure a baissé, c'est imperceptible. Mylan et Cléa ont ôté leur combinaison sans peine mais, même en short et tee-shirt, le changement de température est rude. Violent.

Cléa vacille.

– Ça va ? demande Mylan.

Il aide son amie à atteindre la balustrade de la terrasse, qu'elle empoigne.

– Ça va. Juste un peu la tête qui tourne.

Les étoiles dansent plusieurs secondes devant ses yeux avant de se dissoudre dans le décor. Sous l'effet de la luminosité, l'adolescente éternue.

– En fait, j'ai déjà envie d'y retourner, avoue-t-elle lorsqu'elle a repris ses esprits.

– Moi je suis OK : on n'a qu'à y aller tous les jours. Après, on se voit plus pendant deux semaines !

– Il nous reste huit jours, compte Cléa.

Ça la rassure. La séparation est encore loin.

– Sauf si la météo change, bien sûr.

– Ou même si la météo change ! Mais je ne vois pas pourquoi ça arriverait. Ils ont annoncé que la fournaise durerait tout l'été.

– C'est quoi, ce bruit ? l'interrompt Mylan.

Ils quittent le parvis du dôme et contournent la boule dans la direction opposée à celle par laquelle ils sont arrivés. D'énormes réacteurs activent leurs hélices à l'abri des regards… mais pas des oreilles.

– Pas étonnant qu'il faille ça pour maintenir une telle différence entre la température extérieure et celle des pistes ! commente Cléa.

Elle est de nouveau en nage. Mylan aussi.

– Vivement demain ! s'exclame Cléa. Ce soir, je dors dans mon frigo.

# 2

Au début de la quatrième, Cléa et Mylan ont décidé qu'ils ne sortiraient pas ensemble. Jamais.

– Juré. Je t'aime trop pour ça.

– Pareil. T'es comme ma sœur !

– Toi, comme mon frère. Et puis, si on sortait ensemble, à qui je parlerais de mes crushs ?

Tout sauf risquer de se perdre.

Presque deux ans qu'ils respectent ce pacte. Que le séjour de Cléa à Londres a facilité… en théorie. Elle aurait voulu partager le moindre détail avec Mylan mais il ne paraissait pas toujours disponible. La solitude de Cléa n'en a été que plus grande. Plusieurs fois au cours de l'année, elle s'est demandé si elle n'était pas amoureuse de lui. À cause de ce sentiment de légèreté qui la soulève dès que Mylan apparaît, soit quand ils se voient, soit quand ils s'envoient des messages. À Londres, aucun des garçons ne lui a fait cet effet. Mylan, lui, pense bien n'avoir encore jamais éprouvé de réel sentiment amoureux pour quiconque.

Mais il s'interroge : une fille pourra-t-elle, un jour, être à la hauteur de Cléa ? Réunir toutes les qualités que possède sa meilleure amie ? Les autres, au collège ou ailleurs, ne lui paraissent jamais assez aventureuses, jamais assez actives, jamais assez authentiques. Même Camille, la brune à fossette la plus intéressante de sa classe. En huit ans – la durée de leur amitié -, pas une fois il n'a croisé de fille arrivant à la cheville de Cléa. Sans compter que ses cheveux sentent si bon...

Ça, il ne s'en souvenait plus. Son shampoing a réveillé quelque chose de fort dans sa mémoire. Ce parfum, c'est l'odeur de cet été.

La semaine suivante a donné raison à Cléa : conformément aux prévisions, la canicule a décidé de s'installer durablement dans la région. Mylan et elle ont acheté des abonnements qu'ils rentabilisent au quotidien. Ils s'y sont même retrouvés le dimanche, après le repas en famille.

– Luge aujourd'hui ! a décrété Cléa le troisième après-midi.

Quel pied ! Quatre heures de descentes à un rythme effréné, avec option luges-tamponneuses, neige dans le cou et éclats de rire. Tant pis pour les bleus que les tee-shirts et les shorts ne peuvent cacher : échapper à la chaleur de cette manière, ça vaut bien quelques sacrifices.

Depuis, ils alternent : un jour ski, le lendemain luge. Sans se lasser ni de l'un ni de l'autre.

Mais ce soir, ils rendent leur combinaison avec un goût amer dans la bouche : c'était la dernière fois avant la séparation.

Pour retourner ensemble au dôme, il faudra attendre la fin du mois d'août.

– Je trouve ça trop abusé qu'on me demande pas mon avis. J'ai quinze ans, quoi ! râle Mylan.

Son départ est pour demain.

– T'aurais préféré faire quoi, si t'avais pu ?

– Aller, je sais pas... en Afrique du sud, aux États-Unis, ou même en Grèce ! Un endroit qui fait un minimum rêver.

– Ça te fait pas rêver, la Norvège ? Au moins, tu devrais pas crever de chaud.

– Je vais chez mon oncle ! soupire Mylan. Au pays des rennes et des castors ! Arnaud est cool, mais bon... Au moins, toi, tes parents ils t'emmènent avec eux. Ils t'envoient pas seule ailleurs, comme un colis dont on se débarrasse.

– Ben moi, la Norvège, ça me déplairait pas. Mais je suis trop contente de partir en Malaisie, j'avoue... La piscine a l'air trop bien. Tu as vu la vidéo ?

– Non, juste les photos.

– OK, je te la montre dans le tram.

De concert, Cléa et Mylan poussent les portes qui ouvrent sur l'extérieur. La température a baissé au cours de l'après-midi : le mercure est repassé sous la barre des 40°C.

– Ou alors on se pose là ? propose Mylan en désignant les tables et les bancs de la terrasse alpine.

Les quelques degrés en moins invitent exceptionnellement à s'installer à l'extérieur. Surtout, Mylan cherche à retarder au maximum le moment de rentrer chez lui. Il a commencé à faire son sac – c'est-à-dire qu'il l'a sorti de son armoire et l'a posé sur son lit – et il sait parfaitement qu'il ne le terminera qu'en urgence, au moment de se coucher ou juste avant de partir pour l'aéroport demain, et qu'il râlera une fois sur place de ne pas avoir emporté les bonnes affaires. C'est toujours comme ça. Il n'aime pas faire ses bagages. Sans doute que ce serait différent s'il partait avec Cléa, mais l'occasion ne s'est pas encore présentée. C'est en famille qu'elle va s'envoler dans quelques jours pour la Malaisie. Et il n'est pas invité.

Des haut-parleurs crachent une chanson de Danidoo, le tube du moment, que les deux adolescents adorent. Cléa brandit son téléphone sans attendre. Le petit film démarre aussitôt. Une forêt tropicale en bord de mer apparaît.

– C'est trop beau ! s'exclame Mylan.

Le drone sur lequel est fixée la caméra longe la côte avant d'entamer sa descente. Au ras de l'eau turquoise, un couple installé dans une petite embarcation s'amuse. Plus loin, des enfants jouent sur une plage de sable blanc en lisière de forêt.

– Pédalos, kayaks, catamarans… liste Mylan, excité comme si c'était lui qui partait.

Plus loin encore, dans une clairière d'où la mer est visible, deux jeunes filles en débardeur et short boivent des cocktails. Le drone prend de la hauteur pour redescendre dans une nouvelle trouée entre les arbres. S'y trouve une piscine splendide, assemblage de formes géométriques à débordement.

– Non mais regarde la piscine ! Ça va te changer…

Un serveur tout sourire dépose un plateau chargé de deux noix de coco plantées de pailles colorées près d'un transat en bois. Les arbres autour paraissent gigantesques. En s'approchant, la caméra y révèle des singes, curieux et joueurs. Elle se faufile ensuite dans un restaurant aux buffets garnis de mets plus appétissants les uns que les autres. À table, sur une terrasse donnant sur la piscine, plusieurs personnes se régalent. Le drone repart vers les chambres.

– T'as vu la taille des lits ? s'extasie Mylan.

Cléa ne répond pas. Une certaine agitation lui a fait lever la tête. Mylan, complètement absorbé, met quelques secondes à se détacher de l'écran.

– *Machen Sie die Schneekugel zu !**

Un groupe de quinze-vingt personnes, panneaux en main, avance en direction du dôme.

– C'est quoi ça ? demande Mylan, revenant à la réalité.

– On dirait une manif, répond Cléa en appuyant sur pause.

– Ils demandent à faire fermer le dôme… comprend Mylan.

Arrivé devant la terrasse, le groupe s'arrête. De peur de se faire remarquer, Cléa et Mylan ne bougent pas. Le calme revient. À voix basse, dégoulinant de sueur pour la plupart, les manifestants se concertent. Puis, dans une cacophonie de maracas apparues subitement, ils reprennent tous en chœur :

* « Fermez la boule à neige ! »

– *Machen Sie die Schneekugel zu !*

À l'intérieur de la boule à neige, plusieurs personnes se sont approchées des portes vitrées pour les observer. Certains manifestants prennent l'attroupement en photo et partagent aussitôt l'info sur les réseaux sociaux.

– Il est où, ton journaliste ? demande l'un d'eux.

– Il m'a promis qu'il arriverait à trente, il ne devrait plus tarder, lui répond un autre.

Mylan et Cléa se regardent.

– On y va, non ?

Cléa acquiesce. Son appartement donne sur la place Kléber, la plus grande de la ville. Les écolos viennent déjà assez souvent la soûler jusque sous ses fenêtres en organisant des marches pour le climat et autres rassemblements bruyants. Ce n'est pas qu'elle rejette leurs idées : elle déteste juste qu'on la fasse culpabiliser.

Les deux amis se lèvent, cherchant à rester les plus discrets possible. Ils n'ont aucune envie d'être pris à partie par les manifestants.

L'un d'eux les apostrophe pourtant dès qu'ils sont debout :

– Hey, vous deux, là ! Vous vous joignez à nous ?

Les amis ne répondent rien et le gars s'approche.

– Eh merde, murmure Mylan.

– Vous êtes d'accord que ce truc est une aberration écologique, non ? Il faut arrêter les frais sur-le-champ !

Comme ni Cléa ni Mylan n'ouvrent la bouche, il reprend :

– Mais attendez… Ne me dites pas que vous avez fait du ski cet aprèm, par cette chaleur ? Vous avez une petite idée de l'énergie qui est nécessaire pour maintenir des températures d'hiver quand il fait aussi chaud dehors ? Vous avez une petite idée de l'électricité que consomme ce machin ? Du nombre de kilowattheures ? Si encore c'était utile, si ça servait à réfrigérer les garde-mangers d'une cantine scolaire ou les salles de soin d'un hôpital par exemple, je dis pas, mais là… Tout ça pour que des gosses de riches viennent faire du ski en plein été…

Le gars est de plus en plus nerveux. Son ton devient agressif. Deux grosses gouttes de sueur retenues par ses sourcils menacent de lui tomber dans les yeux. Cléa ne peut s'empêcher de reculer d'un pas.

– Non non, on s'est juste retrouvés sur la terrasse, c'était notre point de rendez-vous, ment soudain Mylan.

Ouf. Il a réussi à trouver un moyen de stopper le type. Qui sait de quoi il serait capable s'il apprenait que Mylan et Cléa ont réellement dévalé les pistes tout l'après-midi ? Heureusement que leur forfait n'est pas accroché à leur tee-shirt…

Mylan tapote la poche arrière de son short en jean pour vérifier que sa carte d'abonnement s'y trouve bien. Le manifestant a l'air de le croire. Ou alors il fait bien semblant.

– Et vous ne voulez pas rester ? Venir grossir nos rangs ? Juste un quart d'heure, une demi-heure ? On attend la presse, plus on sera nombreux à être mobilisés, mieux ce sera.

Le gars ponctue sa phrase en s'essuyant le front avec le haut de sa manche, bras tendu. La transpiration visible est épongée. Son geste a effrayé Cléa, qui recule d'un pas supplémentaire. Ce type n'est pas beaucoup plus âgé qu'eux, constate-t-elle. Pourquoi se montre-t-il si virulent ? Qu'est-ce qui l'empêche de profiter comme eux de la boule à neige sans crier au scandale ? Peut-être n'a-t-il pas d'argent. Cléa, qui n'en a jamais manqué, a déjà remarqué que ceux qui ont peu de ressources critiquent toujours ceux qui dépensent les leurs comme ils l'entendent. Son argent, elle en fait bien ce qu'elle veut. Même si ce n'est pas exactement le sien mais celui de ses parents.

– C'est qu'on est un peu pressés... bafouille Mylan. On doit rentrer, nos parents nous attendent.

– Oh, vos parents vous attendent ! C'est trop mignon.

– Vinz', fous-leur la paix, intervient une fille du groupe qui les observe depuis plusieurs minutes.

– Attends, ils vont au moins signer la pétition...

– Désolés, on va vraiment louper le tram, déclare Cléa.

Et sans attendre de réponse, de la part ni du manifestant ni de Mylan, elle attrape celui-ci par le bras et l'entraîne loin du groupe.

Sauvés.

– J'ai cru qu'on s'en débarrasserait jamais, la remercie Mylan une fois qu'ils sont hors de vue des manifestants.

Ils traversent le bois, repassent entre les blocs de la zone commerciale. Un tram ralentit à cet instant précis.

– Si on court, on peut le choper, affirme Cléa.

– Mais si on ne court pas, on peut prendre le prochain, sourit Mylan.

Il n'a pas envie de se prendre une suée... ni de quitter Cléa. Toujours pas.

– L'arrêt sera vide, on va pouvoir s'asseoir sur le banc. Et voir la fin de la vidéo !

Cléa lui tape dans la main. Elle a tout son temps ; il lui reste vingt-quatre heures pour finir ses bagages.

– C'est parti ! déclare-t-elle en ressortant son portable. Direction la Malaisie !

# 3

– Monsieur, désirez-vous une boisson ?

– Euh... Un jus de tomate, s'il vous plaît.

– Avec des crackers salés ?

– Carrément !

– Et voici. Bon vol !

Mylan est habitué à prendre l'avion tout seul. La première fois, il avait huit ans, une belle étiquette autour du cou et une mallette de jeux offerte par la compagnie pour s'occuper le temps du vol. Il partait en vacances chez son parrain, en Espagne. Depuis, il a parcouru des milliers de kilomètres dans les airs. Presque autant que ses parents, qui représentent la chaîne de restaurants alsaciens créée par son grand-père paternel. L'enseigne historique est à Strasbourg mais le groupe compte de nombreux établissements à l'étranger. Raison pour laquelle son père et sa mère sont toujours par monts et par vaux. Ils se plaignent d'être « en transit » ou « jetlagués » une semaine sur deux, mais ils aiment tant leur boulot qu'ils préféreraient donner un de leur rein plutôt que de mettre fin à ce rythme harassant.

Ils aiment tant leur boulot... et l'argent qu'il leur rapporte.

Sa mère lui a téléphoné au réveil :

« Allô chéri ? Tu es prêt ? Tu as appelé le taxi ? »

« M'man, il est même pas 9 h ! Mon avion décolle à 12 h 45. »

« Tu es sûr ? J'ai noté 10 h 22... »

« C'est le retour, ça, M'man... »

Même sans décalage horaire, ils sont souvent déconnectés.

Mylan apprécie de vivre dans un univers ultra confortable, et depuis quelque temps, il aime aussi ne pas avoir trop souvent ses parents sur le dos. Cela lui évite de se justifier sur ses sorties ou sur ses notes, que l'un et l'autre ne suivent que de loin. Cela lui permet également d'organiser des soirées à la maison, ce qui a fait grimper sa cote de popularité au collège.

Mais ça n'a pas toujours été le cas : quand il était plus petit, Mylan aurait payé cher pour voir le visage soit de sa mère, soit de son père, le soir, à la sortie de l'école.

– Hello amigo ! Tu as fait bon voyage ?

Son oncle Arnaud est venu le chercher à l'aéroport d'Oslo-Gardermoen. Trois heures quinze de vol avec une correspondance de deux heures à Amsterdam-Schiphol : Mylan n'a pas eu le temps de s'ennuyer. Il n'a pas vu son oncle depuis plusieurs années : avant, Arnaud vivait dans la campagne strasbourgeoise, puis il est parti en voyage en Norvège, il en a profité pour faire une retraite de yoga et c'est dans ce cadre qu'il a rencontré Ailin, avec qui il s'est marié. Mylan et ses parents n'ont pas pu assister à la noce pour des questions d'emploi du temps – comme toujours avec eux.

– Je m'attendais à ce que tu aies grandi, mais pas à ce point !

– Ça fait cinq ans, quand même…

– Oui, c'est trop. T'en as profité pour prendre du poil, à ce que je vois.

– Et toi pour perdre des cheveux !

Mylan s'est toujours bien entendu avec Arnaud. C'est probablement la personne de sa famille qu'il apprécie le plus. Son oncle n'a jamais joué au deuxième papa avec lui, il s'est plutôt montré copain, complice. Et, contrairement aux parents de Mylan, il écoute vraiment quand on lui parle. Il s'intéresse. Du coup, il sait qui est réellement Mylan.

Du moins, il savait. Après tant d'années, tout le monde a changé – et pas seulement au niveau du système pileux. Il va falloir refaire connaissance.

L'oncle et le neveu profitent du trajet pour commencer la mise à jour des données. Le courant passe toujours aussi bien. L'aéroport est situé à une cinquantaine de kilomètres au nord-est d'Oslo, et Arnaud réside à vingt kilomètres à l'ouest de la capitale, à la campagne, près d'un grand lac. Le trajet dure près d'une heure et demie. À l'arrivée, Arnaud et Mylan se sont retrouvés.

– Le Tyrifjord est le cinquième plus grand lac norvégien, annonce Arnaud en coupant le moteur de sa voiture hydride.

Tout le monde connaît les fjords, mais la Norvège est aussi un pays de lacs ! indique-t-il.

– C'est quoi la différence ? demande Mylan.

– Le fjord est un ravin profond dans lequel la mer remonte ; l'eau salée qui y stagne est située au même niveau que la mer, explique Arnaud en claquant la portière de la voiture.

– Qu'est-ce que c'est que ça ?

Mylan désigne un dôme de verre se dressant au bout du chemin sur lequel son oncle s'est engagé.

– Notre maison ! sourit Arnaud. Tu n'as pas vu les photos que j'ai envoyées à tes parents ?

– Non, ils ne m'ont rien montré.

– C'est une écoconstruction, déclare Arnaud avec malice. Ailin est architecte.

En s'approchant, Mylan constate que le dôme vitré renferme une maison de bois.

– Pourquoi vous avez mis votre maison sous cloche ? interroge-t-il.

Ce dôme avec son chalet à l'intérieur lui fait penser à la Skihalle. En beaucoup plus petit, évidemment.

– Il s'agit d'un dôme géodésique, indique Arnaud en ouvrant la porte. La géodésie, c'est la science qui étudie la forme et les dimensions de la Terre – mais tu dois le savoir, ajoute-t-il avec un clin d'œil. Le dôme nous sert aussi de serre.

Mylan entre. Effectivement, ce qui semble être des légumes sont plantés là, à l'extérieur de la maison mais à l'intérieur du dôme.

Des tomates vertes grimpent même le long d'un mur de bois. À l'arrière, une terrasse de bois accueille deux hamacs tentateurs, que Mylan se promet d'essayer au plus vite.

– Et on peut contempler les étoiles sans se geler les miches ! rit Arnaud. Parce que l'hiver, ici, il fait nettement plus froid qu'à Strasbourg.

– Strasbourg est une fournaise en ce moment, commente Mylan.

Il réalise seulement qu'entre la climatisation de l'aéroport, le vol et la température extérieure de 25° C environ, il n'a pas transpiré depuis son départ. Et ça, c'est une bonne nouvelle !

En l'absence d'Ailin, c'est Arnaud qui fait visiter l'habitation, entièrement conçue par son épouse et construite uniquement avec des matériaux naturels : terre, paille, sable, argile. Sous le dôme de huit mètres de haut pour quinze mètres de large, composé de centaines de panneaux de verre retenus par un cadre en aluminium recyclé, la maison compte trois étages. Elle est principalement alimentée par l'énergie solaire et dispose d'un système de filtration des eaux utilisé pour irriguer le jardin intérieur, tandis que les déchets alimentaires sont recyclés pour fabriquer du compost.

Les pièces sont chaleureuses. Le bois y domine, réchauffant le verre du dôme.

– Ta chambre, annonce Arnaud en poussant une porte.

Elle est triangulaire. Deux murs sont peints en bleu glacier, le troisième est constitué de la paroi du dôme. Mais s'y découpe une fenêtre…

– Et elle s'ouvre ! s'exclame Arnaud en faisant la démo.

La vue sur la campagne est superbe. En se penchant un peu, Mylan aperçoit le lac sur le côté.

Arnaud termine la visite en désignant une trappe dans le plafond du dernier étage. Elle mène au toit de la maison, aménagé en terrasse intérieure.

– Pour prendre un peu de hauteur, y a ça !

Arnaud montre une échelle robuste posée contre le mur.

– Je te laisse t'installer, d'accord ? Je t'ai mis du linge de toilette dans la salle de bains.

Mylan pousse son sac dans un coin et sort son téléphone. « Votre opérateur vous accompagne en Norvège : composez le +33 au lieu de 0 pour appeler un numéro français, le +47 pour un numéro local... » Le texto est arrivé quand il était à l'aéroport. Depuis, plus rien : ici, le réseau est inexistant.

Le garçon redescend après avoir inspecté le contenu de l'armoire près de son lit – quelques couvertures, des cintres, rien de folichon.

– Tonton ? appelle-t-il.

Son oncle est à l'extérieur, sur la terrasse. L'extension de bois offre un point de vue extraordinaire sur le lac. Arnaud n'est pas seul. Mylan le rejoint, traversant la cuisine dans laquelle quelque chose semble mijoter.

– Je te présente Ailin, dit Arnaud.

Mylan, habitué aux bises symétriques, accueille maladroitement l'accolade que lui donne Ailin. C'est une grande brune dont la frange descend presque jusqu'à ses yeux, d'un bleu cristallin.

Celle-ci lui souhaite la bienvenue et se lance dans un discours que traduit Arnaud.

– Je propose qu'on passe à table, enchaîne-t-il quand il paraît clair que les deux autres n'ont plus rien à se dire. Mylan, tu dois avoir faim !

Il invite son neveu à regagner l'intérieur. Le couvert a été dressé dans la grande pièce de vie. Il ne fait pas assez chaud pour dîner dehors. Plusieurs fenêtres ouvertes de part et d'autre du dôme permettent une ventilation naturelle qui maintient une température idéale dans la maison. Mylan prend place à une longue table en bois entourée de bancs du même matériau. C'est vrai qu'il est affamé.

– C'est norvégien ? demande l'adolescent quelques minutes plus tard en louchant sur son assiette.

Mylan fait de gros efforts pour masquer son dégoût devant ce que sa tante a posé devant lui : une assiette creuse pleine d'une sauce orangée dans laquelle flottent, pour ce qu'il parvient à identifier, des morceaux de poissons, des moules, des dés de tomates et de poivrons, des oignons, deux feuilles de laurier. Le problème, c'est l'odeur. Piquante. Comme si Ailin avait eu la main lourde sur les épices et les avait mélangées n'importe comment. Et ça paraît brûlant.

D'un coup, Mylan a moins faim.

– Non, c'est paléo, répond son oncle.

– Pardon ?

– Le principe de l'alimentation paléo est d'exclure les

aliments modernes et de ne consommer que ceux qui existaient au paléolithique, explique Arnaud avant de souligner que les tomates rouges et jaunes qu'il a en cubes dans son assiette proviennent du potager.

– Et à quoi ça sert ? se renseigne Mylan, sceptique.

– En évitant les aliments transformés, les sucres raffinés, les produits laitiers, les légumes secs ou les céréales, on a une alimentation bien plus saine, affirme Arnaud. Et en cuisant un minimum de choses, on préserve les apports naturels des aliments.

Le paléolithique, d'après les notions d'histoire de Mylan, c'était il y a plus de dix mille ans. Quand nos ancêtres étaient chasseurs-pêcheurs-cueilleurs, qu'ils ignoraient l'existence de la pomme de terre dont on fait les frites et ne savaient pas qu'en mettant un steak haché entre deux tranches de pain, des Allemands inventeraient le hamburger.

– C'est dommage de se priver du progrès ! déclare Mylan.

– Les gènes des humains sont les mêmes depuis quarante mille ans, et cette façon de se nourrir est la plus adaptée à notre génome. L'alimentation moderne n'apporte que des catastrophes : obésité, diabète, cancers, maladies cardio-vasculaires et allergies en tous genres...

Ailin hoche la tête comme si elle comprenait le français.

Mylan soupire discrètement et goûte son plat. Il n'a jamais raffolé des ragoûts. Il consent à manger pour se remplir l'estomac.

– Mais tu adorais les bretzels gratinés et les flammekueche ! se souvient-il soudain.

Quelque part en lui se cache l'espoir que son oncle s'écrie « C'était une blague ! » avant de mettre une pizza au four.

– ... Et puis j'ai rencontré Ailin, répond Arnaud. Ainsi que cet environnement, ajoute-t-il en balayant le paysage en face de lui d'un mouvement du bras. Je veux vivre en bonne intelligence avec la nature, la respecter et profiter de ce qu'elle me donne de bon.

– Ce qui est bon, c'est les bretzels et les flammekueche, murmure Mylan.

Le plat n'est suivi d'aucun dessert, le régime ancestral adopté par le couple préconisant de consommer le moins de sucre possible. Mylan regrette de ne pas avoir fait provision de cochonneries chocolatées à l'aéroport. Il rêve d'un beignet bien gras, croustillant de sucre à l'extérieur et empli de chocolat coulant à l'intérieur.

– Il y a du chocolat noir dans la huche, lui glisse Arnaud lorsque la table est débarrassée.

Il invite son neveu à se poser sur la terrasse extérieure, où Ailin a apporté une infusion.

– On n'attend pas le coucher du soleil, dit celle-ci dans un anglais impeccable, parce qu'en cette saison on n'irait jamais au lit !

– Mais il faudra que tu viennes un jour ici en juin, renchérit son oncle en français. La longueur de jour est vraiment saisissante et les couchers de soleil n'en finissent plus.

Mylan, qui n'a aucune envie de faire des efforts pour parler anglais, ne relance pas la conversation. C'est les vacances ! Quant à revenir ici un jour, il en doute fortement. À partir de l'année prochaine, il espère avoir le droit de partir seul avec des amis ou avec Cléa.

Mylan jette tout de même un œil au ciel, qui se teinte de couleurs splendides. Il aperçoit alors les panneaux solaires fixés sur la partie supérieure du dôme. Arnaud intercepte son regard :

– Ça couvre nos besoins énergétiques, dit-il.

– Super... fait mollement Mylan.

Il semble préoccupé.

– Tu voulais me demander quelque chose ?

– Ouais... Y a du wifi ici ?

## WIFI

Alors, ça donne quoi chez les Vikings ?

Figure-toi que mon oncle est devenu un Viking écolo ! C'est cool mais un peu trop extrême pour moi. Compost, panneaux solaires et potager, tu vois le genre ? Sa femme est architecte et c'est elle qui a fait leur maison. Elle est presque autosuffisante et elle est entourée d'un dôme de verre, j'ai un peu l'impression d'être en cage…

Trop classe !

C'est pas le mot que j'aurais choisi ! En hiver ça doit même être plutôt flippant.

Bon, et à part ça ?

Ben c'est leur principale occupation ! Mon oncle a une Toyota hybride, ils font pousser leurs tomates jaunes sous le dôme, etc. Ça me soûle déjà…

Moi, c'est l'image que j'ai de la Norvège : un pays vert, où tout le monde mange bio, roule en vélo et habite dans des maisons en bois.

Le pays des rennes et des castors !

Pour l'instant j'ai pas vu de rennes, ni de castors. Et presque pas de vélos ! Vu les distances tout le monde semble utiliser la bagnole. D'ailleurs à part la maison des voisins, y a pas grand-chose d'autre que la nature autour. Si j'ai pas un peu de vie sociale rapidement je vais me transformer en caillou…

Et alors niveau bouffe bio, tu devineras jamais ce que mangent mon oncle et sa femme !

Vas-y ?

Ils sont paléovores !!!

C'est quoi ça ?

Ils ne se nourrissent que de trucs qui existaient déjà à l'époque paléolithique !!!

C'est ouf !

Pour l'instant c'est surtout dégueu…

Courage 😊

Merci !

Et toi, prête ?

Valise bouclée ! Et mon kit de survie aux 13 heures de vol est complet.

13 heures ! Ça va en fait. Je croyais que c'était plus que ça.

En vrai le voyage dure 17 heures mais on a 4 heures d'escale à Singapour. Bon, ce sera de 6 h à 10 h du mat, je serai peut-être pas hyper fraîche, mais si y a moyen de faire du shopping je trouverai la motivation.

Après, y a plus qu'une heure entre Singapour et Kuantan.

Rapport détaillé dès que t'arrives, OK ?

Promis.

Mais attends… Y a du décalage horaire ! Ça va être trop chiant pour discuter par messages…

Attends, je regarde.

OK, j'aurai 6 heures d'avance sur toi. Quand je me lèverai le matin, tu dormiras encore.

Et si moi je me lève genre à 9h, il sera 15h chez toi.

Je serai probablement sur la plage ou en excursion.

T'auras ton tel ?

Oui mais pour Internet, c'est pas gagné ! Y a du wifi dans le club, pour le reste j'en sais rien.

On trouvera bien un moyen.

Yes.

Je te laisse, on se met en route.

Bon voyage !

Bonne journée à toi chez les hommes préhistoriques !

Tu m'as pas dit, au fait : ils portent des peaux de bête ?

Haha !

# 4

Premier choc : la moiteur de l'air. Après une correspondance ultra climatisée à Singapour, fascinant aéroport doté d'une forêt intérieure, d'une cascade de quarante mètres de haut et d'un métro automatique reliant les terminaux, Cléa pose le pied sur le tarmac de l'aéroport Sultan Ahmad Shah de Kuantan, capitale de l'état du Pahang, Malaisie péninsulaire, ridiculement petit et banal par rapport au précédent, et se prend une claque.

80 % d'humidité. C'étaient juste deux chiffres sur le descriptif du séjour, c'est maintenant l'emprise d'une écharpe détrempée qui la saisit à la gorge, un invisible brumisateur qui lui humidifie les jambes en permanence, et bientôt un sèche-cheveux virtuel qui fait gonfler sa tignasse châtain.

La famille récupère ses bagages dans un mélange d'enthousiasme et de fatigue. Malgré le confort de l'avion, la nuit a été courte.

Dans le hall, le trident représentatif du club pointe sur un panneau tenu par deux jeunes gens vêtus du même tee-shirt rouge.

– Bienvenue en Malaisie ! lancent-ils avant de vérifier les noms de chacun et de leur indiquer le bus, plus loin sur le parking, qui les conduira à leur destination.

L'organisateur a un regard aussi bleu que la mer dans laquelle Cléa a prévu de plonger dès son arrivée. Elle s'avance sur le parking, attirée par la musique qui s'échappe d'un car dont le moteur ronronne. Un autre organisateur s'empare des valises et les glisse dans la soute. Au-dessus, quelques paires d'yeux lorgnent avec curiosité les nouveaux arrivants. Cléa croit deviner plusieurs ados de son âge. Excellente surprise ! La plupart du temps, les séjours que réservent son père et sa mère n'attirent que des vieux.

Sans se soucier de ses parents, elle grimpe dans le bus. Il est 11 h 30 et les vacances commencent.

Pendant l'heure de trajet, les organisateurs rappellent quelques généralités sur la Malaisie, ce pays coupé en deux par la mer de Chine méridionale, et s'emploient à mettre en avant les points forts du club, « un éden zen niché au cœur de la faune et la flore tropicales ». Cléa n'écoute que d'une oreille. Elle laisse la fatigue l'engourdir tout en contemplant le paysage. Depuis qu'ils ont quitté la zone de l'aéroport, un qualificatif s'impose pour décrire le décor : végétal. Des palmiers hauts comme des immeubles se dressent de part et d'autre de la route. Des petites maisons en bois apportent une touche de couleur au vert dominant.

Un cocktail de fruits frais accueille les passagers à leur arrivée.

L'équipe d'encadrement au grand complet s'est réunie dans le hall pour leur souhaiter la bienvenue. Les voyageurs ont le temps d'apercevoir le cadre qui sera celui de leur séjour : un écrin couleur émeraude. Cléa est bluffée par tant de beauté : des pelouses impeccables s'étirent vers la mer. Des constructions en bois regroupent les différents points d'activités. Et partout où l'œil se pose, un palmier se dresse. Un palmier à l'allure fière, soigné et entretenu, contrairement aux arbres aperçus sur la route, poussant nombreux et de façon désordonnée.

Ici, il n'y a pas de portes. Tous les espaces sont ouverts et communiquent entre eux, laissant l'air circuler. Cléa se demande pourquoi on n'a pas préféré cloisonner et climatiser. Elle n'est pas sûre d'être prête à passer douze jours à transpirer.

Si tous les espaces sont ouverts, tous sont également *couverts*. Cléa constate que le moindre chemin en rondins de bois est coiffé d'un toit en teck. Mais déjà ses parents et elle sont invités à aller déjeuner. Pendant ce temps, les bagages seront acheminés jusqu'à leurs chambres.

Cléa aimerait mieux découvrir son lit que le buffet. Elle a éprouvé un fugace regain d'énergie et, à présent, son corps lui rappelle qu'elle n'a fait qu'une sieste entre deux blockbusters au cours de la nuit.

L'entrain revient pourtant lorsque l'adolescente, trottant derrière ses parents, pénètre dans le restaurant principal situé juste derrière la grande piscine. De délicieuses odeurs lui chatouillent les narines. Cléa réalise qu'elle a faim : le petit déjeuner est loin.

La vue des buffets achève de la mettre en joie : ils sont pantagruéliques et on y trouve de tout, mets européens rassurants – pâtes, pizzas, salades grecques -, spécialités asiatiques attirantes – sashimis japonais, nems vietnamiens, nouilles sautées thaïlandaises -, curiosités improbables. Comme ces « œufs de cent ans », d'après ce qu'indique l'étiquette, pour lesquels les touristes font la queue.

Cléa cherche rapidement du regard les jeunes qu'elle a aperçus en arrivant. Invisibles pour l'instant.

Cléa et ses parents se retrouvent devant leurs assiettes ultra garnies. Son père, après avoir pris des renseignements, s'est laissé tenter par les fameux œufs de cent ans, un mets chinois obtenu en laissant vieillir un œuf de cane, de poule ou de caille dans des conditions particulières.

– Le vieillissement change la couleur, la texture et le goût de l'œuf. On m'a dit que les Chinois en raffolaient.

Le père de Cléa a coupé l'œuf en deux. Le blanc est devenu brun, translucide tel une gelée ; le jaune, qui n'est ni dur ni coulant mais crémeux, est quant à lui vert foncé.

– Ces œufs ont vraiment cent ans ? demande Cléa avec une moue de dégoût.

– Non ! rigole son père. Le vieillissement ne dure que quelques semaines.

– Ah quand même ! s'exclame la mère de Cléa, plissant le nez après avoir reniflé l'assiette de son mari. Mais ça sent sacrément fort, ton truc...

Il s'en dégage en effet une odeur marquée de soufre et d'ammoniac. Son père engloutit une première bouchée et fait la grimace.

– Alors ? l'interrogent en chœur sa femme et sa fille.

– C'est... particulier, avoue-t-il. Pas sûr que je finisse.

– Pourquoi tu en as pris trois ? demande Cléa.

Son père hausse les épaules et repousse les deux autres œufs, ainsi que les restes de celui qu'il a entamé, dans un coin de son assiette.

Cléa, qui a pris moins de risques, dévore ses nouilles sautées aux crevettes tout en grignotant une part de pizza tomate-fromage. Mais elle a eu les yeux plus gros que le ventre. Pas plus que son père et sa mère, elle ne parvient à finir son assiette. La gourmandise les pousse malgré tout à faire un tour du côté du buffet des desserts avant de quitter le restaurant.

Une organisatrice les mène ensuite à la petite maison en bois sur pilotis dans laquelle se trouvent leurs chambres. Leurs bagages les attendent devant la porte.

La chambre de Cléa et celle de ses parents sont mitoyennes mais ne communiquent pas. Cléa prend le temps de découvrir la sienne. Tout y est fait de bois ouvragé, de rotin et de tissus clairs. Il s'en dégage une impression de grande sérénité. C'est trop zen pour l'adolescente, qui s'empresse d'ouvrir sa valise et de dispatcher ses affaires un peu partout, comme si elle emménageait durablement.

– Je propose qu'on la joue cool aujourd'hui, déclare son père quand ils se retrouvent un peu plus tard. On prend nos marques tranquillement, on attaque seulement demain le sport et les excursions, ça vous va ?

Chacun a enfilé un maillot de bain sous ses vêtements et prévu un petit sac avec ses affaires personnelles. Les trois paires d'yeux fatigués disparaissent derrière les lunettes de soleil.

Pour visiter les lieux, la famille opte pour la voiturette de golf. Le club est immense, il leur faudrait plusieurs heures pour tout parcourir en marchant. Et marcher, ce n'est pas trop leur truc – encore moins aujourd'hui.

Leur petit véhicule longe la grande plage qu'ils ont aperçue en arrivant. Un panneau les informe qu'à la bonne saison, les tortues viennent parfois pondre sur cette étendue sableuse de sept kilomètres. La bonne saison, ils sont pile dedans.

La piscine principale, où démarre une séance d'aqua fitness, près du restaurant, est magnifique de symétrie et compte plusieurs petits bassins à débordement. La voiturette s'éloigne et emprunte un chemin balisé entre les hauts arbres. Un panneau promet une autre plage, une autre piscine et un autre restaurant. Le trajet sous les arbres apporte de la fraîcheur. Cléa repère des écureuils, sa mère devine un varan. Le site est vaste d'une centaine d'hectares arborés. Gibbons et macaques y règnent en maîtres. Les oiseaux ne sont pas en reste, des espèces que Cléa ne connaît pas.

Au sortir du bois, le spectacle est grandiose. Là encore, l'eau est turquoise, le sable qu'elle lèche, parfaitement blanc. La vidéo ne mentait pas.

Et la forêt prolonge la plage, sans transition.

– La mer de Chine ! annonce le père de Cléa comme si c'était lui qui avait fait venir l'eau jusque-là.

Cléa jette un œil à la deuxième piscine et à la partie de la plage consacrée aux sports nautiques : voile, kayak, paddle. Moins envahi par les vacanciers, ce coin du club est plutôt attirant.

D'un commun accord, la famille décide de passer l'après-midi au bord de la piscine principale. Sur le trajet du retour, ils notent les activités proposées dans les différentes installations qui bordent la forêt : tir à l'arc, trapèze volant, parcours d'accrobranche, escalade, fitness, tennis, squash, mais aussi cours de cuisine et de peinture... Ils ne devraient pas s'ennuyer entre les excursions.

Le cours d'aqua fitness se termine et les participants quittent le bassin. La mère de Cléa choisit deux transats pour son mari et elle, Cléa préfère aller piquer une tête.

La température de l'eau est idéale. Après quelques brasses pour la forme, elle se met à faire ce qu'elle préfère : des figures. Pas chassés, entrechats, roulades avant et roulades arrière, grands jetés, arabesques, pirouettes et sauts de chat, vrilles et coups de pied à la lune... Au milieu du bassin, le corps immergé jusqu'aux épaules, Cléa devient une danseuse étoile, une patineuse artistique chevronnée, une championne de natation synchronisée. L'eau lui offre la grâce qui lui manque souvent sur terre. Sous les applaudissements d'un public invisible,

Cléa remporte la compétition et monte sur le podium pour recevoir l'or olympique.

Tandis qu'elle salue, de petits cris retentissent. À moins que ce ne soient des rires ? Se moquerait-on de sa prestation ? Cléa relève la tête et aperçoit, sur l'un des toits qui protègent les abords de la piscine, un groupe de singes. Sur ce point non plus, le film de présentation ne mentait pas. Elle identifie des macaques, différents des gibbons au visage sombre entouré de poils blancs caractéristiques. Les singes, tous tournés dans la même direction, semblent encourager quelque chose. Ou quelqu'un. Et ça n'a rien à voir avec elle : en suivant leur regard, Cléa découvre un macaque descendu en solitaire s'aventurer parmi les transats délaissés par les vacanciers.

Elle repère aussi la raison de son escapade : une noix de coco posée sur une petite table coincée entre deux chaises longues. La carte des consommations propose de l'eau de coco, c'est-à-dire rien d'autre que le jus du fruit, servi directement dans la noix. Les barmen percent une ouverture de quelques centimètres de diamètre et y glissent une paille en plastique.

Le macaque s'approche de la table. Il l'atteint en quelques bonds souples. Il tourne rapidement la tête à droite et à gauche, comme pour vérifier que la voie est libre. Il tend les bras et s'empare de la noix. En quelques bonds plus affirmés, il s'éloigne de la piscine avec le fruit. Quelques bonds de plus et le voilà qui grimpe sur le toit de tuiles ocres pour réintégrer son groupe. Les autres singes l'accueillent par de nouveaux cris avant de se précipiter sur le fruit qu'ils entreprennent de grignoter méthodiquement.

Cléa a observé la scène depuis l'eau, amusée autant qu'intriguée. La tête que fera le vacancier quand il regagnera son transat et s'apercevra qu'on lui a volé sa boisson ! Elle constate alors qu'elle n'est pas la seule spectatrice : tout autour du bassin, les touristes ont interrompu leur activité ou se sont redressés sur leur chaise longue pour mieux profiter du spectacle. Les appareils photos sont de sortie. Son propre père lui fait signe qu'il a tout filmé. Cléa rigole et fait une galipette arrière pour fêter ça. Puis elle se lance dans un nouveau programme libre de sa composition afin de décrocher une médaille supplémentaire en patinage artistique de piscine.

Bientôt, lassée de ses exploits, Cléa décide de quitter la scène. Et puis elle a soif : le Coca dont elle n'a bu que quelques gorgées avant la baignade lui refait de l'œil.

Ici, les boissons sont gratuites. Comme tout le reste, d'ailleurs : c'est le principe de la ô combien géniale formule *all inclusive*. L'argent n'est pas la question, naturellement, mais quand il faut payer les consommations cela signifie pour Cléa une négociation systématique, avec sa mère plus particulièrement. Si elle demande « Je peux reprendre un coca ? », elle est chaque fois priée de se justifier. Elle obtient la plupart du temps ce qu'elle veut, mais toujours au prix de remarques dont elle se passerait volontiers : « Ça fait beaucoup de sucre », « Tu ne devrais pas ingurgiter autant de boissons gazeuses », « Pourquoi tu ne prends pas plutôt de l'eau ? », etc. Au moins, pendant ce séjour, elle pourra s'adresser directement aux serveurs, sans passer par les parents. Et si malgré tout, on lui fait une remarque, elle a déjà pensé à sa réponse :

– Chaque fois que je commande, j'améliore mon anglais.

Imparable.

Cléa se dirige vers les marches, à l'extrémité du bassin la plus proche de sa chaise longue. Elle se voit déjà allongée sur sa serviette, mais soudain elle s'immobilise. Un autre macaque est descendu du toit. Et il se trouve à présent tout près de son transat. Son transat *à elle*. Elle comprend alors ce qu'il l'a attiré : son verre de coca, posé au pied du transat, est décoré d'une rondelle de citron. Le singe n'en fera qu'une bouchée.

L'animal ne paraît pas perturbé par le fait que l'adolescente se tienne à deux mètres de lui. Et à la stupéfaction de Cléa, il attrape la paille qui nage dans son verre, la balance par-dessus son épaule, croque la rondelle de citron et saisit le verre à deux mains avant d'en renverser le contenu dans son gosier.

– Hé ! Mon Coca ! s'offusque Cléa à voix basse.

Satisfait, le singe repart ensuite en bondissant. Cette fois, il semble que personne ne se soit aperçu de la manœuvre.

Elle aurait pu l'en empêcher. Si elle s'était approchée, le macaque aurait sûrement fui. Mais elle ne l'a pas fait, pas tant pour admirer l'audace du primate que parce qu'elle n'était pas totalement rassurée : les singes n'ont vraiment pas l'air farouches ici, et elle n'avait pas envie de se retrouver avec un macaque perché sur l'épaule ou lui tirant les cheveux.

Cléa s'étend sur sa serviette et contemple le ciel. Les singes quittent le toit en file indienne et disparaissent dans la végétation alentour. Le calme revient. Cléa fait signe au serveur qui slalome entre les chaises longues. L'entendant commander un nouveau coca, sa mère commente en soupirant :

– Encore !

## WIFI

*Bon, je me lance. Je sais pas trop par quoi commencer, c'est trop bizarre de parler comme ça à mon téléphone. Heureusement que je suis seule dans ma chambre et que personne ne peut me voir... À part peut-être les singes et les oiseaux : y a un arbre géant juste en face de ma fenêtre.*

*Alors... Le club est trop beau. Encore plus que dans la vidéo, tu imagines ? Ma chambre est top, j'ai un lit* king size*, je pense que je vais hyper bien dormir. De toute façon je suis crevée à cause du voyage.*

*C'est beau de jour et c'est beau de nuit. Dès la fin d'après-midi, des lampions s'éclairent partout, pas esprit 14-Juillet, plutôt genre* Voyage de Chihiro*, tu vois ? Tout autour de la piscine, les lanternes sont rouges, c'est magnifique. Et le buffet des repas est absolument dingue, y a trop de trucs et tout est bon. Sauf les œufs de cent ans, une horreur chinoise que mon père a goûtée ce midi, des œufs vieux de plusieurs semaines. On a cherché sur Internet, c'est les Occidentaux qui leur ont donné ce nom-là quand ils ont trouvé des œufs qui avaient noirci avec le temps. Ils ont cru que les œufs attendaient depuis des années, en fait ça ne faisait que deux mois, c'est déjà pas mal. Tu vois l'odeur d'œuf pourri quand tu pètes ? Ces œufs-là, c'est ça en mille fois pire. J'ai pas testé, la vue et l'odeur m'ont suffi. Mais les Chinois font la queue pour en emplir leurs assiettes ! Beurk.*

*Y a aussi un tas de boissons bizarres, fluos et ultra sucrées. Et une collection impressionnante de bières asiatiques. Mais je vais tourner au coca, ici pas d'alcool en dessous de vingt et un an, c'est la loi.*

*Ah, et sinon le vol s'est bien passé, j'ai optimisé au maximum et j'ai réussi à voir quatre films. Et l'aéroport de Singapour, c'est un truc de ouf ! ! D'habitude les aéroports ressemblent à des hangars ou des hôpitaux, mais là c'était tout vert. Ils ont planté des arbres comme dans une forêt, et au milieu coule... une cascade ! La plus grande cascade intérieure du monde, il paraît. Avec un pont suspendu qui permet de passer près de l'eau. La cascade ne fait pas tant de bruit que ça, c'est très étonnant. Il y a aussi un labyrinthe dans la végétation, des toboggans, des parterres de fleurs de toutes les couleurs... et un métro sans conducteur qui traverse tout ça. Bref, finalement j'ai pas fait les boutiques, trop de trucs à voir. Je me rattraperai au retour, parce qu'il y en a et qu'elles ont l'air vraiment bien. J'ai même aperçu un centre Pokémon !*

*Dernier truc : grosse pensée pour toi en passant devant la zone des fast-foods, j'ai découvert Pink fish, tu connais ? C'est une chaîne norvégienne qui ne sert que des plats à base de saumon : des burgers, des salades, des wraps... Leur slogan, c'est* « From fjord to fork », *« Du fjord à la fourchette ». J'ai pas testé parce que le saumon me faisait moyennement envie à 9 h du mat mais je me suis dit que c'était un sacré clin d'œil ! Tu me diras si tu en vois dans ton pays nordique ?*

*Ici aussi y a du saumon et d'autres poissons crus, j'en ai mangé ce soir au dîner. De toute façon, y a tout.*

*Et là je ne tiens plus, je vais aller tester le moelleux de ma couette.*

*Allez, j'attends ton message.*

*Bisous, le Norvégien !*

# 5

Mylan n'a pas défait sa valise. Comme s'il voulait se tenir prêt à repartir à tout instant. Il s'est contenté d'ouvrir à moitié la fermeture éclair de son bagage – en guise de valise, un gros sac de voyage partiellement rigide – pour attraper les vêtements dont il a besoin. Ce qui a été porté rejoint le point de départ, en boule entre le sac et le mur de la pièce.

– Dis-moi un peu, comment vont tes parents ? Ils bossent toujours autant ? interroge Arnaud le deuxième jour.

Au dîner, c'était côtelettes de porc et patates douces.

Mangeable.

Brièvement, Mylan raconte l'obsession parentale pour la croissance à deux chiffres de leur entreprise et les déplacements à n'en plus finir. Arnaud hoche la tête, l'air désolé.

– Ils devraient s'arrêter de temps en temps.

– Il faut que je te dise quelque chose... reprend Mylan. Ça me fait bizarre de voir comment tu vis maintenant.

– C'est-à-dire ? s'étonne Arnaud.

– Bah tu vois, tu habitais près de Strasbourg, tu venais souvent en ville... développe Mylan en désignant le paysage qui se déploie derrière les vitres du dôme. Moi, les gens qui se mettent à l'écart, j'ai jamais compris... On est des humains, pas des ours !

Arnaud sourit.

– J'attendais peut-être de rencontrer la personne avec qui je pourrais vivre la vie que je voulais... Je ne t'ai jamais raconté qu'à la fin de mes études, je suis parti plusieurs mois au Bangladesh ?

Mylan ne se souvient plus de cet épisode, mais il sait qu'un des tableaux accrochés chez ses parents a été rapporté de ce voyage.

– Eh bien, quand j'étais là-bas j'ai construit le bateau en fibre de jute avec lequel j'ai navigué. Un sacré boulot !

Mylan fait mine d'être impressionné. Il espère échapper à l'explication détaillée. Il se fiche bien de savoir construire un bateau de ses propres mains. Vite, changer de sujet.

– Vous êtes en vacances, en ce moment ? demande-t-il.

Ailin est partie se baigner dans le lac. Arnaud et Mylan se sont dégonflés. A priori, l'eau est à 16° C.

– Moi oui. Mais la rentrée scolaire a lieu mi-août ici. Je reprendrai le boulot avant que tu partes.

Arnaud est instituteur. Voilà au moins quelque chose qui n'a pas changé : c'était déjà son métier lorsqu'il vivait en France.

– Et Ailin ?

– Non, elle bosse.

Mylan regarde sa nouvelle tante sortir de l'eau. Jamais il n'imaginerait sa mère s'offrir un bain du soir dans un lac en pleine semaine. Sur ce point, son oncle et Mylan sont d'accord : ses parents sont vraiment trop obsédés par leur boulot. Pour autant, il trouve suspect qu'Arnaud et surtout Ailin se préoccupent si peu de leur travail. Depuis qu'il est là, ils en ont à peine parlé.

*

Mylan tourne en rond. Il a jeté un œil aux étagères garnies de livres qui occupent un pan de mur de la pièce de vie : presque tous sont écrits en norvégien ou en anglais. Les rares en français sont des ouvrages pratiques – or Mylan n'a aucune intention d'apprendre à faire son potager en permaculture ou à enseigner en suivant le rythme des saisons. Il n'aurait pas détesté se plonger dans une bonne bande dessinée... À défaut, il reste allongé sur son lit avec son portable. Il fait beau, la température est agréable mais le wifi le retient à l'intérieur comme la laisse garde un chien près de sa niche : le réseau ne franchit pas les parois de verre.

Son oncle, occupé à bricoler dans le potager, ne comprend pas :

– Mais sors ! Bouge ! Tes parents t'ont envoyé ici pour que tu prennes l'air et ça fait trois jours que tu restes vissé à ton portable...

Ça va, il ne s'en sert qu'à l'intérieur... La veille, impossible de se poser cinq minutes : son oncle l'a emmené jusqu'à une pointe surnommée très justement « la fin du monde », qu'ils ont atteinte après avoir parcouru un interminable sentier côtier.

Au retour, ils ont visité la maison de l'artiste norvégien Edvard Munch, celui qui a peint le célèbre tableau *Le Cri*. Et l'avant-veille, il a eu droit à un tour du lac Mjøsa, plus au Nord, à bord d'un vieux bateau à aube. Aujourd'hui, il peut bien récupérer !

– Regarde autour de toi, c'est superbe, non ? reprend Arnaud. Profites-en. Tu n'as qu'à te balader, prendre un vélo, aller te baigner... Au pire va chez les voisins mais je t'en prie, profite d'être ici !

– Ils ont quoi, les voisins ? demande Mylan en se prenant appui sur ses coudes.

Située à une cinquantaine de mètres de la demi-sphère vitrée, la maison des voisins a une allure beaucoup plus classique. Pourquoi Arnaud veut-il l'envoyer là-bas ? Mylan se prend à espérer. Peut-être s'y trouve-t-il une salle de ciné privée, une console de jeux révolutionnaire ou une machine à beignets ?

– Des jumeaux, répond son oncle. Qui viennent d'avoir seize ans.

Mylan se laisse convaincre. Des ados norvégiens, c'est toujours mieux qu'un paysage norvégien à mourir d'ennui. Et qui sait, ils ont peut-être *vraiment* une machine à beignets.

Mylan quitte le dôme et s'avance vers la maison. Le petit chemin qui y mène serpente dans la végétation. En s'approchant, il identifie effectivement deux individus de type adolescent, installés sur une table qu'on a sortie devant la maison. Un garçon et une fille. Chacun est absorbé dans la contemplation de l'écran posé devant lui. Des tablettes. Par réflexe, Mylan vérifie que son portable se trouve bien dans sa poche.

Remarquant sa présence, la fille lève la tête. Mylan n'en croit pas ses yeux : on dirait Cléa. En blonde.

– *Hei ! Er du nevøen til Arnaud ?** lui lance-t-elle.

– Euh... Je ne comprends pas le norvégien, signale Mylan.

Et le norvégien n'a pas grand-chose de commun avec l'allemand qu'il apprend au collège, découvre-t-il depuis quatre jours.

La fille répète sa phrase en anglais. Mylan acquiesce.

– Il nous a dit que tu venais pour les vacances, enchaîne son frère. Assieds-toi avec nous, si tu veux.

– D'accord, merci, répond Mylan.

Pour la plus grande joie de Mylan, il s'avère que les jumeaux apprennent le français en classe ; ils viennent d'ailleurs régulièrement discuter avec Arnaud afin de progresser. La communication va s'en trouver simplifiée. Mais bizarrement, Mylan avait envie de leur montrer son niveau d'anglais – quand faire des efforts pour converser avec Ailin l'ennuie.

Les jumeaux se prénomment Elias (le garçon) et Siri (la fille). Dans n'importe quel autre contexte, Mylan aurait plaisanté en rencontrant quelqu'un qui porte ce nom : « Siri, quel est le ciné le plus proche ? » Mais face à la blonde, il ne se moque pas. Il est intimidé. Il la trouve très belle, et le fait que les traits de son visage soient si proches de ceux de Cléa le trouble hautement.

---

* « Salut ! Tu es le neveu d'Arnaud ? »

– Alors, t'es venu faire quoi, si t'es pas là pour améliorer ton norvégien ? demande Elias en rigolant.

– Je suis venu... C'est mes parents qui ont organisé mon voyage avec mon oncle, en fait, avoue Mylan.

– Et ça te plaît d'être ici ?

– Oui, ment Mylan, ça me change de la ville.

Des vélos sont garés sur le côté de la terrasse.

– Forcément, s'esclaffe Elias en désignant du pouce le lac derrière eux.

Mylan réalise que Siri n'a rien dit depuis plusieurs minutes. Elle semble captivée par l'écran de sa tablette, qu'elle rafraîchit toutes les deux secondes.

– Tu regardes quoi ? lui demande Mylan.

– Je suis sur un site de places de concerts. Pour les concerts déjà complets. Les gens revendent leurs places aux enchères. Faut être hyper réactif.

Mylan hoche la tête.

– Et tu cherches quoi ?

– Des places pour Øya, répond Siri sans lever les yeux.

Mylan interroge Elias du regard.

– Øya, repète-t-il, un gros festival de musique écolo qui a lieu ce week-end à Oslo. Notre cousine Maya y va avec sa copine, elle a dit qu'elle pouvait nous emmener si on trouvait des places. Mais y en a plus depuis des mois...

– C'est quoi, de la musique écolo ? interroge Mylan.

Décidément, les Norvégiens mettent tout à la sauce verte.

Elias rigole :

– C'est le festival qui est écolo. Avec des produits bios et quasiment pas de déchets. La musique, elle, est normale. Enfin, normale... Si on veut : y a une programmation de dingue !

Soudain, Siri s'agite.

– Là ! J'ai ! Des places pour samedi ! C'est le meilleur jour ! Oh la vache... J'y vais ? Je prends ? Elias, je prends ? Attends, y a trois places. Mylan, tu viens aussi ?

– Euh... hésite Mylan.

– Dépêche ! Sinon quelqu'un va me passer devant. Alors, c'est oui ?

– Oui, OK, répond Mylan sous la pression.

Siri tapote son écran puis attend, retenant son souffle. Les deux garçons ne la quittent pas des yeux. Le visage de l'adolescente change brusquement, passant de l'anxiété à une joie intense :

– *Ja ! !** Yes ! ! Oui ! !

Et elle se met à danser devant la table.

– On a des places, on a des places ! On va à Øya !

Quoique moins démonstratif, Elias affiche lui aussi un grand sourire.

– Le samedi, y a une super affiche, dit-il à Mylan.

En quelques clics sur sa propre tablette, il lui montre le détail de la programmation. Mylan reconnaît quelques noms de stars internationales parmi les artistes inconnus – probablement

* « Oui ! ! »

norvégiens. Et en fin de liste…

– Danidoo ! s'exclame l'adolescent.

– Tu connais ? demande Siri, qui a terminé sa danse de la joie et s'est rassise.

C'est Cléa en blonde, mais aussi avec quelques centimètres de plus : Siri est aussi grande que Mylan.

– Oui ! répond celui-ci. J'adore ! Je crois que c'est mon groupe préféré en ce moment.

Peu importe qu'il y ait ou non une machine à beignets dans la maison d'Elias et Siri : il va voir Danidoo sur scène ! À 1 500 kilomètres de chez lui !

*

Un peu plus tard, Mylan rentre chez Arnaud et Ailin.

– Alors, tu as fait connaissance avec les jumeaux ? Je ne t'avais pas dit qu'ils parlaient français pour que tu aies la surprise… Ils sont sympas, hein ?

– Très ! Je vais au festival Øya avec eux samedi. On a réussi à trouver des places alors que tout est complet depuis des mois.

– Ah bon ! Eh bien… Il y a quelqu'un pour vous emmener ?

– Oui, leur cousine.

– Je suis allée plusieurs fois à Øya quand j'étais jeune, intervient Ailin.

– Tu es toujours jeune, mon amour, sourit Arnaud en l'embrassant sur la tempe.

– Moins que Mylan ou Siri ! répond Ailin en faisant un clin d'œil à l'adolescent.

Celui-ci disparaît dans sa chambre. Il a enfin quelque chose de cool à raconter à Cléa.

## WIFI

*Salut Cléa ! J'ai dû effacer mon premier message, quand j'ai commencé à parler, mon oncle est entré dans ma chambre, il croyait que je l'appelais… J'ai été obligé de lui expliquer que j'enregistrais un truc, il a dû me prendre pour un taré !*

*C'était cool de t'écouter. Merci aussi pour toutes les vidéos que tu m'as envoyées. Le club a l'air trop, trop beau. Tu as tellement de chance de passer des vacances là-bas ! Ici aussi c'est beau, mais y a légèrement moins de trucs à faire… Bon, mais ce qui me rend clairement le plus jaloux dans tes vacances, c'est la bouffe. Les buffets à volonté… Franchement, pense à moi en remplissant ton assiette, s'il te plaît. Pense au régime préhistorique que je me tape tous les jours… et sans l'ombre d'un dessert ! Je paierais cher pour manger n'importe quoi de ton buffet plutôt que les repas d'ici (sauf tes œufs pourris, là, dégueu ! !). En fait, c'est pas vraiment mauvais, Ailin avait foiré le plat du premier soir. C'est juste que ça fait pas envie. Y a pas de gras, pas de crème, pas de sauce, pas de fromage fondu, rien de ce qui rend les plats intéressants. Par exemple, tout à l'heure on a mangé des spaghettis à la bolognaise. J'y ai cru quand mon oncle me l'a annoncé. Sauf que les pâtes, c'étaient des lanières de courge, et que, bien sûr, il n'y avait pas de gruyère. Et il a osé me faire croire que c'étaient des « spaghettis bolo » !*

*Sinon, tu m'as donné envie d'aller à Singapour rien que pour voir l'aéroport. Il a l'air génial ! Rien à dire de spécial sur ceux d'Oslo ou d'Amsterdam. Et je n'ai pas encore vu les fast-foods dont tu parles.*

*En fait, je ne suis pas encore allé en ville. Mais j'irai bientôt, il faut que je te raconte. Parce que samedi, je vais à un gros festival de musique avec les voisins, enfin leurs enfants. C'est des jumeaux, une fille et un gars, ils ont seize ans et ils parlent vachement bien français, ce qui m'arrange. La fille s'appelle Siri, c'est drôle ! D'ailleurs, elle te ressemble vachement physiquement. Quand je l'ai vue, j'ai halluciné. Toi en blonde... T'es sûre que t'as pas des cousins en Norvège ?*

*Bon, bref. Le festival se passe à Oslo, ça a l'air énorme, toutes les places sont vendues mais on en a quand même trouvé sur Internet, et le jour où on y va tu devineras jamais qui chantera... Danidoo ! C'est pas dingue ? J'ai trop hâte, même si j'aurais préféré y aller avec toi !*

*Ça va peut-être sauver mes vacances. On doit se revoir demain, avec les voisins, pour s'organiser pour le concert.*

*Et toi, tu es déjà demain là-bas à l'est ! Cette idée est tellement bizarre... Je vais dormir pour essayer de te rattraper. Bisous.*

# 6

Cléa dépose son assiette sur la table : cinq pancakes encore tièdes et une tonne de Nutella par-dessus. Pour se donner bonne conscience, elle a aussi pris un bol de salade de fruits. Les morceaux de fruits du dragon, à la chair blanche ou violette piquetée de noir, y baignent en majorité. Cléa adore.

C'est son troisième petit déjeuner au club. Elle a eu l'occasion de tester tout ce qui la tentait au buffet, elle revient à présent aux fondamentaux. L'objectif est de prendre des forces, car ses parents et elle partent tout à l'heure pour Kuala Lumpur. La visite de la capitale est proposée en excursion de deux jours, avec une nuit d'hôtel sur place. Cléa a dû mettre son réveil, un comble.

– C'est interdit pendant les vacances, normalement ! a-t-elle grogné.

– Tu dormiras quand tu seras vieille, a rigolé son père.

Depuis qu'elle est là, ils n'ont pas arrêté : balade dans une ferme d'orchidées, rencontre avec des tortues dans une ferme pédagogique, visite d'un centre d'artisanat local où ils ont appris comment on réalisait des batiks, ces tissus ornés de motifs imprimés à la cire chaude. Et au club, du sport : pendant que ses parents étaient au squash ou au tir à l'arc, Cléa a fait de la zumba et de l'aquagym. Pendant qu'ils nageaient dans la mer, elle s'est adonnée au stand up paddle et a tenté d'observer le fond avec son masque – sans grand succès, ici la visibilité est réduite et il y a de toute façon peu à voir. Pendant qu'ils prenaient un cours de cuisine locale, elle a fait deux fois le parcours d'accrobranche dans son intégralité.

Un bilan sympa mais solitaire, regrette-t-elle en s'installant dans le petit avion qui décolle de l'aéroport de Kuantan à destination de la capitale pour un vol de quarante-cinq minutes. Cléa n'a pas revu les jeunes de l'aéroport.

Elle s'est fait une raison. Elle n'est pas complètement seule puisqu'elle a son portable et les messages de Mylan.

– Tiens, toi qui étais fatiguée... tu veux te reposer un peu ? la taquine son père lorsqu'ils atterrissent.

Il désigne un hôtel un peu plus loin, à l'intérieur même de l'aérogare. Le Capsule Transit, qu'ils n'avaient pas vu la première fois, propose de dormir dans des « chambres » d'un mètre carré rangées dans des containers. « Ils ont le droit d'appeler ça des chambres ? Des boîtes, oui ! » Les boîtes se louent à l'heure.

Cléa bloque un instant sur l'écran qui fait défiler les images de présentation à l'entrée. Il y a la place pour le matelas, rien d'autre. On peut brancher un portable mais pas se tenir debout. Il faut vraiment être crevé pour réussir à dormir là-dedans. Crevé et pas claustro !

– C'est bon, j'ai récupéré pendant le vol, répond-elle à son père en lui adressant une grimace exagérée.

À Kuala Lumpur, la chaleur est suffocante. Au club, Cléa s'est progressivement habituée à l'humidité. Un endroit pour se rafraîchir, qu'il s'agisse d'une piscine, de la mer ou de la douche, n'est jamais loin. Sans compter que quotidiennement, en fin de journée, une pluie forte s'abat sur le paysage. Les vacanciers s'y sont faits. Cléa aime profiter de la piscine désertée quand les gouttes font vibrer la surface de l'eau.

Surtout, l'adolescente adore l'effet de l'humidité sur ses cheveux. Ce volume inattendu simplifie sa coiffure. Elle aime cette nouvelle image que lui renvoie le grand miroir au cadre artisanal en bois. Et la moiteur de l'air exhale les effluves de son shampoing, lui donnant l'impression de se déplacer dans un nuage parfumé à la noix de coco.

En ville, la pollution et le manque d'air rendent l'humidité moins supportable. Malgré tout, Cléa se laisse rapidement gagner par la frénésie de la métropole, dominée par les tours Petronas qui culminent à 452 mètres de hauteur. Les tours jumelles – les plus hautes du monde avec leurs quatre-vingt-huit étages – renferment à leur base un centre commercial aussi réfrigéré qu'étincelant. Dans les quartiers alentour s'alignent échoppes variées et lieux de culte divers.

Des temples hindous ou chinois surgissent dans le moindre espace laissé libre entre deux immeubles.

Le lendemain, le petit groupe emmené par l'organisateur vêtu du tee-shirt aux couleurs du club découvre la mosquée nationale. Hommes comme femmes revêtent des tuniques à manches longues et capuches avant d'y pénétrer : visage et mains exceptés, le moindre centimètre carré de peau doit disparaître sous le tissu violet. Après une croisière sur la rivière Malacca et un déjeuner dans un restaurant chinois, il est déjà temps de regagner l'aéroport : des vents violents annoncés en soirée ont causé l'annulation du vol initialement prévu pour rentrer au club, il faudra en prendre un plus tôt.

*

Le soleil se cache un peu derrière les nuages aujourd'hui. Il ne fait pas moins chaud pour autant. Et la lumière en devient singulière, qui change les couleurs du décor lorsque le car arrive au club : le vert de la luxuriante végétation semble encore plus intense, tandis que l'eau vire au gris perle.

Cléa n'est pas fâchée que le retour de Kuala Lumpur ait été avancé. En l'apprenant, son père a râlé comme si on lui avait volé quelque chose. Sa mère a tenté de le calmer : objectivement, ils ont eu un bon aperçu de la capitale, ils ont acheté suffisamment de souvenirs et ils apprécieront de faire trempette dans la piscine avant d'aller dîner au restaurant principal.

Les parents de Cléa partent chaque année en club. Depuis toujours. Et depuis deux ans, à sa plus grande joie, l'adolescente est logée dans une chambre séparée. Mais son opinion quant à la formule d'hébergement est partagée. Certes, les chambres sont toujours belles, fonctionnelles et hautement confortables. Certes, elles restent toujours propres et rangées, quel que soit le niveau de bazar que la jeune fille a décidé d'y mettre, car des membres du personnel viennent quotidiennement réorganiser l'espace et faire le ménage. Mais c'est justement ce qui pose problème à Cléa : savoir qu'on entre dans sa chambre en son absence la dérange. Imaginer que des inconnus prennent sa chemise de nuit pour la plier sur le dossier d'un fauteuil, replacent sa brosse à cheveux sur l'étagère, tapent l'oreiller sur lequel elle dort – cela la met mal à l'aise. Et s'ils en profitaient pour fouiller dans ses affaires ? Et s'ils tripotaient ses culottes ?

Elle a été absente toute la journée : la chambre a forcément été faite, se dit Cléa en sortant la carte magnétique de la petite poche de son sac. L'hiver dernier, pendant ses vacances en Égypte, elle est un jour tombée sur les deux hommes de ménage qui s'occupaient de sa chambre alors qu'elle revenait du petit déjeuner. Le rangement a soudain pris un visage. Elle a détesté cette intrusion.

Cléa passe sa carte devant le détecteur et déclenche l'ouverture de la porte. C'est bien le cas : les draps sont tirés, le linge de toilette a été changé comme chaque jour.

Des pétales tombés d'arbres aux fleurs splendides ont été ramassés et déposés sur le couvre-lit afin de former un grand cœur. Ça fait peut-être plaisir aux jeunes mariés en lune de miel mais Cléa, elle, trouve ça plutôt sale. Elle s'empresse de récupérer les pétales et elle les laisse tomber dans la poubelle de la salle d'eau.

Elle enfile rapidement son maillot. La piscine lui manque.

Du bruit attire son attention à l'extérieur de la chambre. Cléa ouvre une fenêtre et se penche : des singes traversent la pelouse à la queue leu leu. Ils prennent la direction de la piscine.

– J'y serai avant eux, rigole intérieurement Cléa, tout en se promettant de ne pas commander de Coca cette fois-ci.

Quand elle retrouve sa chambre une heure plus tard, une mauvaise surprise l'attend : les placards sont sens dessus dessous. Ses affaires ont été balancées n'importe comment dans la pièce. Cléa pense tout de suite à un cambriolage, avant de réaliser l'absurdité de l'option. Le club est clôturé, les accès sont surveillés, et il n'y a ici que des vacanciers friqués : ils ne vont pas se voler les uns les autres !

Elle perçoit du mouvement derrière son lit. L'adolescente s'approche et laisse échapper un petit cri de surprise.

– Oh !

Un singe se tient là, un des macaques qu'elle a vu cheminer tout à l'heure en direction de la piscine. Un comme celui qui lui a piqué sa rondelle de citron le premier jour. Il a une tâche sombre sur le front et l'air un peu paniqué, ce qui le rend attendrissant.

Cléa constate alors qu'une fenêtre de sa chambre est entrouverte. L'organisatrice qui les a accompagnés à leur arrivée leur a pourtant recommandé avec insistance de toujours tout fermer. Elle a oublié.

– Hello ! dit Cléa d'une voix douce pour ne pas effrayer davantage l'animal. Mais tu es trop mignon... C'est toi qui as mis tout ce bazar ?

Le macaque se tourne vers Cléa et la regarde droit dans les yeux. Il bat des paupières, une fois, deux fois. Une bulle s'est formée autour d'eux.

Les cris de plusieurs autres macaques éclatent dehors, la laissant supposer que ce n'est peut-être pas lui le coupable. Le petit singe crie à son tour, lance à Cléa un regard triste qui serre le cœur de l'adolescente puis, en trois bonds, il atteint la fenêtre et disparaît.

– Salut ! s'exclame Cléa à voix basse avant de se diriger à son tour vers la fenêtre.

Cette fois, elle s'assure de l'avoir bien fermée.

*

Le lendemain à la même heure, en revenant de la piscine après une envoûtante balade en pirogue parmi les mangroves et les champs de lotus jusqu'au lac Chini, Cléa repense à sa rencontre de la veille. Sa chambre est impeccable – cependant elle le regretterait presque : elle a aimé cet échange de regards avec le macaque. C'était si... intense. Comme si les singes, intimidants voire menaçants lorsqu'ils sont en groupe, révélaient des personnalités attachantes individuellement. « Un peu comme les gens », s'amuse intérieurement Cléa.

Elle n'aurait jamais cru qu'un contact avec un animal lui ferait ressentir ça. Elle a déjà caressé des chats et des chiens, bien sûr, et attiré le regard d'espèces exotiques au zoo de l'Orangerie – mais ça n'avait rien à voir. À Strasbourg, il est arrivé que défilent sous ses fenêtres des manifestants réclamant des droits pour les animaux. À Londres, plusieurs de ses camarades de classe étaient végétariens. Tout ça n'était jusqu'ici que pure théorie pour elle. Est-ce qu'il suffit d'une fois ? D'une rencontre ?

Cléa pose son tote bag sur la console et choisit les vêtements qu'elle mettra après sa douche. Son regard est soudain attiré par une certaine agitation du côté de la fenêtre. Elle s'approche.

Le singe ! C'est le même qu'hier, elle le reconnaît à la tâche sur son front. Il est sur le balcon et il regarde la chambre à travers la vitre. Cléa jurerait qu'il la regarde *elle*. Et qu'il l'a attendue. Qu'il est venu à sa rencontre.

Cléa tourne la poignée et ouvre la fenêtre. Le singe se redresse un peu sur place.

– Viens ! murmure-t-elle.

C'est comme si elle l'avait autorisé à s'avancer. Le singe se met en mouvement, enjambe le rebord de la fenêtre et bondit dans la chambre. Cléa recule de quelques pas et s'assied sur son lit.

Ce singe lui fait penser à Guido, une peluche au pelage doré que son père lui avait rapportée d'Italie et qu'elle adorait. Un fil de fer glissé dans la queue de l'animal permettait de l'accrocher n'importe où. Guido a fini par être perdu, laissant la fillette inconsolable plusieurs jours durant.

Cléa réfléchit en vitesse à ce qu'elle pourrait faire avec le macaque, passant mentalement en revue l'ensemble de ses bagages. Elle n'a rien à manger, comme ont pu s'en rendre compte les singes – de la nourriture, voilà certainement ce qu'ils cherchaient la première fois. Elle peut tenter de faire la conversation, mais ce sera à sens unique, elle va vite se lasser.

Les balles. Ses trois balles de jonglage qui ne quittent jamais le fond de sa valise. Cléa les emporte avec elle partout, même si elle ne sait pas jongler.

Elle se lève lentement, de crainte qu'un geste trop brusque effraie le macaque, et va les chercher. Vingt secondes plus tard, elle pose les trois balles bigarrées sur le dessus du lit. Le singe y grimpe. Cléa pousse doucement une balle vers lui. Freinée par les draps, elle roule à peine. Mais le singe a compris et il tend le bras pour attraper l'objet. Cléa saisit alors une deuxième balle et la lance de façon à la faire atterrir près des pieds de l'animal. Celui-ci la prend également. Il a à présent une balle dans chaque main. Cléa récupère la troisième et la lance en l'air. La tête du macaque se lève puis se baisse. Cléa recommence. Le singe suit toujours la balle des yeux.

Et soudain il lance une balle à son tour. En l'air, un peu de travers. Cléa se décale pour la rattraper. Et elle la lui renvoie.

Pendant plusieurs minutes, ils jouent ainsi à se renvoyer les balles. Elles tombent parfois à côté du lit, Cléa les ramasse. Elle a l'impression de jouer avec un très jeune enfant, qui ne saurait pas parler. Ou qui parlerait une autre langue.

Puis le macaque repose les balles qu'il tient et, sans avertissement, bondit jusqu'à la fenêtre avant de sauter sur le balcon. Cléa, qui a eu le temps de le prendre en photo avec son téléphone, le suit.

– À bientôt, dit-elle. Merci d'être venu jouer avec moi.

Le singe grimpe sur la balustrade, pousse un cri et saute dans l'arbre le plus proche. Cléa jurerait que son piaillement était une réponse.

L'adolescente se prend à espérer qu'il reviendra. À défaut de copains dans le club, une amitié avec un singe pourrait donner de la saveur à ses vacances. Malgré les propositions de ses parents, elle n'a jamais voulu avoir d'animal de compagnie. Pour la première fois, Cléa se dit qu'elle a peut-être manqué quelque chose.

# WIFI

*Hello ! Faut que je commence par te dire quelque chose : en fait, j'adore qu'on se laisse des messages vocaux. On peut se raconter beaucoup plus de trucs, avec beaucoup plus de détails que par messagerie. Et puis je kiffe entendre ta voix. J'ai l'impression que tu es à côté de moi. Quand tu m'as parlé des faux spaghettis bolo, j'ai commenté à voix haute ! Pendant une fraction de seconde, j'avais oublié que tu n'étais pas en train de me parler vraiment et que tu avais enregistré ce message plusieurs heures avant. Les messages vocaux pulvérisent la distance et le décalage horaire, tu trouves pas ?*

*Là, on rentre du marché de nuit. J'ai trouvé ça cool, hyper animé, très festif. On a goûté des trucs bizarres, ces boissons de toutes les couleurs qu'ils boivent ici (en fait elles sont épaisses, dedans il y a du lait de je ne sais quoi et parfois aussi des grains, genre perles de tapioca) et puis des brochettes, principalement au poulet. Certaines étaient ultra épicées !*

*Oh, et je ne t'ai pas dit : ici, les moustiques font la loi. Mes parents étaient briefés avant le départ, on a embarqué des tonnes de répulsif spécial pays tropicaux à pulvériser. Un vapo pour la peau, un autre pour les fringues, parce que les moustiques sont tellement voraces qu'ils passent à travers les vêtements. On risque pas vraiment de choper une maladie, le paludisme ne s'attrape ni dans les villes ni sur la côte a priori, le danger c'est juste de se faire piquer. Sauf qu'ici, c'est pas des petites piqures gentillettes comme on a chez nous :*

*les moustiques, c'est des chiens. Je te jure, on dirait qu'ils ont des dents.*

*Ce soir, j'ai oublié de me pschitter l'arrière de la cuisse gauche avant de sortir. J'ai pas été assez méthodique. Erreur fatale. Pendant qu'on était au marché de nuit, les bestioles s'en sont donné à cœur joie. Je me suis carrément fait dévorer. Évidemment, on n'avait pas emporté les vapos. Ça me démange, c'est l'horreur ! Ça me servira de leçon. Si ça continue, je vais finir par me doucher à l'anti-moustique. Mon père, tu sais pas ce qu'il fait ? Il boit des litres de trucs avec de la citronnelle dedans depuis qu'on est arrivés. Soupe de carotte à la citronnelle, orangeade à la citronnelle, infusion de citronnelle, tout y passe. « Répulsif naturel », il dit. J'ai testé, j'ai eu l'impression d'avaler une bougie anti-moustiques. Beurk. Je reste au vapo.*

*Oui parce que, bien sûr, après le marché on est passés au resto. On avait encore un petit creux. Heureusement qu'on se dépense dans la journée parce qu'avec ces buffets à volonté, on n'arrête pas de manger !*

*Et toi alors, tu vas voir Danidoo ? ! C'est vraiment cool, t'as trop de chance. Ici y a des spectacles mais c'est plutôt genre le café-théâtre du film* Les Bronzés *et le sketch de la valise, si tu vois ce que je veux dire. Je rêve de me télétransporter en Norvège rien que pour ce concert…*

*Et c'est trop bien aussi que tu te sois fait des potes, même s'ils ont des prénoms chelous. Est-ce que cette Siri te demande tout le temps « Que puis-je faire pour vous ? » Haha, mort de rire. Tu m'as pas dit d'ailleurs, je suis comment en blonde ? Ça me va bien ?*

*Te fais pas avoir : moi en version blonde, c'est forcément de la contrefaçon. T'as pas intérêt à oublier l'originale !*

*En tout cas, au moins tu as une vie sociale avec des humains. Moi ici, je fréquente surtout des singes, et ils savent pas faire de recherches sur Google !*

*Allez, à plus.*

# 7

– C'est Mylan, le neveu de notre voisin.

Elias fait les présentations. Maya les a déposés près des jardins botaniques de l'université d'Oslo avant d'aller se garer comme elle a pu un peu plus loin. Avec le festival, le stationnement est saturé.

Le petit groupe, formé des jumeaux, de Mylan, Maya et sa copine Heidi, retrouve Markus, Alexander, Tuva et Jonas, des amis d'Elias et Siri, sous un ciel d'un bleu éclatant. Pas un nuage à l'horizon : ce samedi s'annonce au top.

La veille, Arnaud a emmené Mylan à Oslo. L'adolescent a pu contempler les mythiques drakkars noirs au musée des navires vikings avant d'explorer les îles du fjord d'Oslo, le temps d'une croisière express à bord d'un voilier flamboyant. Il a admiré la citadelle d'Akershus ainsi que le palais royal, résidence officielle des monarques de Norvège, et échappé de justesse à la visite du musée Edvard Munch, qui ferme à seize heures. Il a même aperçu l'enseigne orange de Pink fish, cette chaîne de fast-foods spécialisés en saumon dont Cléa lui a parlé – mais c'est à la brasserie Paléo que son oncle lui a proposé de déjeuner. Enfin, Arnaud lui a fait changer des euros en couronnes norvégiennes en prévision de sa sortie du lendemain.

– Et ça, c'est pour que tu te trouves un souvenir à rapporter, a ajouté son oncle en lui tendant un billet supplémentaire, orné d'un bateau de sauvetage.

Le festival Øya est organisé sur cinq jours au cœur d'Oslo et en plein air. Il draine des festivaliers qui viennent à pied d'autres quartiers de la capitale, ainsi que des amateurs de musique arrivant de plus loin, comme Elias, Siri et Mylan. C'est même de tout le pays que les festivaliers accourent.

Pour les concerts, trois grandes scènes ont été installées dans le parc Tøyen. Des tentes dressées un peu partout proposent des vêtements, des disques, des bandes dessinées ainsi que de quoi boire et manger. Sur les vertes collines, des hommes et des femmes de tous âges sont assis ou allongés, gobelet en main. Des enfants courent çà et là, certains grimpent sur les troncs des hauts arbres qui rompent la monotonie des pelouses.

– C'est géant, en fait ! constate Mylan.

– Carrément ! L'an dernier, y a eu plus de soixante mille spectateurs, indique Elias.

Mylan n'avait pas conscience de se rendre à un événement de cette ampleur. Quand il a revu Siri et son frère, ils ont surtout discuté de l'organisation pratique des trajets. Siri s'est montrée ravie qu'ils soient cinq plutôt que quatre dans la voiture. Ce qui a fait naître l'espoir en Mylan : et s'il intéressait la jolie voisine ? Aujourd'hui, il la trouve plus pétillante que jamais. Il n'a toujours pas osé dire à Cléa que la Norvégienne l'attire et c'est tant mieux : elle s'est déjà moquée de son prénom, alors... Ne lui en déplaise, la copie n'a rien à envier à l'originale.

Sur un plan d'eau, trois gigantesques lettres vertes rappellent le nom du festival : Øya.

– Ça veut dire « île » en norvégien, précise Tuva, une rousse en salopette-short, désignant les trois structures artificiellement recouvertes de végétation.

Les festivaliers sont vêtus de façons très diverses, du sportswear aux tenues baba cool, des minishorts aux jupes ultra longues. Pas mal d'épaules nues chez les filles, une variété folle de bermudas chez les gars. De nombreux spectateurs arborent des casquettes ou des chapeaux plus ou moins fantaisistes pour se protéger du soleil qui cogne. Tuva elle-même porte un immense chapeau de paille. Mylan, lui, a sorti sa casquette habituelle.

Le groupe se balade un peu dans le parc avant de prendre des boissons – de la limonade bio pour Elias, que Mylan imite, de la bière légère pour les autres – et de se poser sur l'herbe. Une chanteuse norvégienne s'époumone sur la scène principale, devant un public encore clairsemé. De part et d'autre de la grande scène, les écrans qui diffusent des images psychédéliques entre les concerts permettent aux spectateurs les plus éloignés de voir les visages des musiciens. Mylan profite. Il est bien.

– Alors, comment se passe la vie sous la serre ? lui demande Markus quand la chanteuse a terminé son show.

– Ben disons qu'une maison aussi écolo, ça me change de mes habitudes ! dit Mylan pour se faire bien voir.

– Écolo, écolo... c'est vite dit ! rétorque Alexander. OK, le dôme géodésique en soi constitue un habitat écologique, mais c'est quoi le bilan carbone d'une construction comme ça ? Le dôme, c'est une structure alu et des panneaux de verre...

Mylan demeure muet. Il a déjà oublié la signification de « géodésique ».

– C'est peut-être pas à toi qu'il faut demander ça, intervient Markus en souriant. T'es venu de France en avion ?

– Oui.

À côté de Mylan, Siri soupire.

– Même si tu t'es tassé dans la voiture de Maya avec les autres, ça n'annule pas ton empreinte carbone... indique Alexander.

Mylan ne dit toujours rien. Ils sont marrants, tous : les artistes internationaux qui se produisent sur scène pendant cinq jours, ils sont arrivés à dos de renne, peut-être ? Malgré le soleil et le sourire de Markus, l'ambiance s'est nettement rafraîchie. Mylan décide de s'éloigner un peu du groupe. Il n'a pas l'intention de s'excuser pour la façon dont il vit.

Se retrouver seul lui permet d'oublier les remarques et de contempler ce qui l'entoure sans se sentir jugé. Un peu partout, des panneaux en anglais et en norvégien annoncent que pendant le festival, aucune boisson n'est servie dans des gobelets en plastique à usage unique : ici, on vend des tasses réutilisables aux couleurs d'Øya. Chacune peut être lavée et réutilisée plus de cent fois. « Les émissions liées à notre utilisation de gobelets sont ainsi réduites de 94 %, et la quantité de déchets produits de 75 % ! » traduit Mylan en lisant une pancarte.

– C'est le premier festival à avoir introduit des gobelets réutilisables en Norvège, commente Siri dans son dos.

Mylan sursaute ; il ne l'avait pas entendue s'approcher.

– Tous les festivals du monde devraient le faire, poursuit Siri. Le plastique remplit l'estomac des baleines à Sotra...

– Sotra ? relève Mylan.

– Ce sont des îles situées à l'ouest de la Norvège. Les océans sont pleins de microplastique ! Tu savais que les émissions de la production annuelle de plastique étaient supérieures aux émissions du trafic aérien mondial ? On est obligés de trouver des alternatives. Maintenant.

En observant les festivaliers qui déambulent autour de lui, Mylan constate que les portions de nourriture – exclusivement bio – sont également servies dans des assiettes et avec des couverts recyclables. Le tout est compostable, apprend-il grâce à un autre panneau près duquel il retrouve le groupe.

– Eh ben, la Norvège est la championne du monde de l'écologie, on dirait ! commente Mylan à leur attention. Vous parlez tous de ça.

– Parce que la manière dont on va vivre plus tard nous intéresse ! répond Markus. Mais malheureusement on est loin d'être les champions. Le pays a cette image-là, verte et écolo, ton oncle habite dans sa serre et ici, les gobelets sont réutilisables. Mais à part ça ? Combien tu as croisé de SUV rien qu'en venant ici ? C'est fou le nombre de personnes qui continuent d'être accros à ces monstres ! Mais on est comme les Américains, on veut une grosse bagnole pour montrer qu'on a réussi. Et on pense d'abord à nous, la société est hyper individualiste. Le pouvoir d'achat ici est élevé mais les gens ne se servent pas de leur argent pour faire le bien autour d'eux ou prendre soin de leur environnement, au contraire, ils vont le dépenser en maquillage, en cours de fitness, en portables dernier cri... Rien de profond ni de durable.

Alexander, qui semble lui aussi en connaître un rayon sur la question, explique à Mylan que la Norvège était un pays relativement pauvre jusqu'à la fin des années 70. L'exploitation du pétrole offshore après le second choc pétrolier a changé la donne, produisant une société de nouveaux riches peu soucieux de construire un modèle écologique collectif. Au XXIe siècle, la solidarité est avant tout un hashtag sur Instagram.

Mylan repère le coin où des jeunes en tee-shirts verts font une gigantesque vaisselle de gobelets utilisés. Il s'agit de bénévoles de *Natur og Ungdom*, une organisation norvégienne de protection de l'environnement pour la jeunesse. Certains d'entre eux parcourent les pelouses armés de grands sacs-poubelle afin de collecter un maximum de déchets.

Siri le regarde les observer.

– La Norvège recycle 97 % de ses bouteilles plastique, il y a des consignes et des machines qui les récupèrent à l'entrée des supermarchés, reprend Markus. Les Français, vous dépassez pas les 60 %, je crois. Alors ouais, on est plus écolos que vous, mais moins que les Danois, par exemple… Les Norvégiens ne sont pas assez conscients de l'urgence climatique. Et ils sont déconnectés de la réalité : ils connaissent le prix de tout mais la valeur de rien, conclut-il.

Mylan ne peut s'empêcher de se demander pourquoi ces jeunes qui ont à peu près le même âge que lui se sentent aussi concernés par tout ça. Est-ce lui qui est à la traîne ?

Les prochains artistes qui passeront sur la grande scène sont deux jeunes Osloïtes dont le groupe de hip-hop cartonne. En attendant que leur heure arrive, la petite troupe va faire un tour du côté des tentes. Mylan s'achète un sandwich au poulet et un tee-shirt au logo d'Øya en cassant le billet de cinq cents couronnes norvégiennes que lui a donné Arnaud. Ce n'est pas encore cette fois qu'il testera les plats au saumon de Pink fish. En croquant dans le pain, il repense à son déjeuner de la veille. Son oncle a réussi à le traîner dans un restaurant paléo. Pour une fois qu'ils mangeaient dehors ! Avec son plat,

Mylan a demandé du pain. *Niet.* « C'est pas dans le concept », a déclaré le serveur.

Puis la bande s'installe juste en face de la scène. Quinze minutes plus tard, annoncés par des éclairs sonores qui font bondir les spectateurs, les deux stars déboulent. Instantanément, le public se resserre, s'approchant des artistes, avançant jusqu'aux grilles placées au pied de la scène. Très vite, les bras se lèvent, les gens tapent dans leurs mains. Derrière les grilles, on se met à danser, et bientôt la pelouse entière s'agite. La foule en transe bouge en rythme, formant des vagues humaines impressionnantes.

Même s'il n'a aucune idée de ce que les paroles peuvent signifier, Mylan se prend au jeu. La chanson lui plaît, le tempo lui parle, les musiciens sont hyper énergiques. Siri est à fond et elle lui communique sa joie. Au troisième morceau, l'un des chanteurs se jette dans la foule et navigue au-dessus d'elle, porté par les bras des spectateurs ravis.

Le set s'achève, laissant le public ruisselant mais heureux.

– C'était vraiment génial ! dit Mylan à Siri.

– C'est Øya ! s'exclame-t-elle dans un grand sourire.

Un sourire qui électrise totalement Mylan.

La bande passe de scène en scène et de concert en concert. Lorsque la nuit commence à tomber, l'ambiance change. Les lumières s'allument autour des scènes et des tentes, donnant au parc l'allure d'un jardin féérique. Des spots placés au pied des arbres ou dans leur feuillage créent une scénographie colorée.

D'autres projettent des images en mouvement qui rendent l'atmosphère encore plus survoltée. Des faisceaux fluos balayent le ciel depuis la scène principale.

– Tu sais quel est le mot norvégien pour « feuilles » ? demande Tuva à Mylan.

Elle a visiblement décidé que l'adolescent ne repartirait pas sans un minimum de vocabulaire. Celui-ci secoue la tête.

– *Løv*, déclare la fille au chapeau avec un clin d'œil.

La foule aussi évolue. Avec l'obscurité, les festivaliers se regroupent autour des points de lumière, se rapprochent des scènes. Les gens n'hésitent plus à danser, certains chancellent et s'écroulent dans l'herbe en riant. De plus en plus de spectateurs sont ivres.

La musique non plus n'est plus la même. Le rock, le R'n'B et la chanson ont progressivement cédé la place à de la musique électro, déclinée à différentes sauces. Moins de musiciens, plus de DJ. Moins de chanteurs, plus de danseurs. Le spectacle change de nature.

Et la main de Siri frôle celle de Mylan. L'adolescent se tourne mais la jumelle fixe la scène, droit devant elle, comme si de rien n'était. S'est-elle seulement aperçue de ce contact ? A-t-il rêvé ?

Danidoo est le dernier groupe de la soirée. Les Anglais constituent la tête d'affiche de ce samedi. Quand ils apparaissent, Mylan oublie où il est. Il se propulse mentalement sur la scène, au cœur même de la musique. C'est magique.

Les morceaux s'enchaînent, Mylan connaît tout par cœur, les autres aussi, ils chantent en s'adressant des sourires et des regards entendus. L'adolescent attend particulièrement *S'il vous plaît*, sa chanson préférée du groupe, dont les paroles sont en anglais avec un refrain en français. Lorsque les premières notes retentissent, son cœur tressaille dans sa poitrine. Le refrain est un moment de folie pure. Mylan hallucine d'entendre ces milliers de Norvégiens crier en français.

– S'il vous plaît *whenever*, s'il vous plaît *wherever*...

C'est comme si ces milliers d'inconnus qui l'entourent lui étaient devenus familiers grâce à quelques mesures et une formule de politesse.

La tension diminue légèrement au couplet suivant. Mylan reprend ses esprits. C'est alors que la main de Siri frôle de nouveau la sienne. Cette fois, pas de doute possible. Mylan pivote et Siri se tourne vers lui.

– S'il te plaît, chantonne-t-elle sur le rythme du refrain qui redémarre.

*S'il vous plaît* était le dernier morceau. À l'instant précis où la musique s'arrête, un feu d'artifice éclate au-dessus de la scène principale. Simultanément, un autre explose dans la cage thoracique de Mylan. Siri vient de lui prendre la main et il se laisse happer par ses lèvres. Dès qu'elle recule, il avance vers elle.

– L'amour à la française, rigole Siri.

Mylan se fiche complètement que le reste de la troupe les observe du coin de l'œil. Comme il se fiche complètement que la foule soit invitée à se diriger vers la sortie. Il suit le mouvement sans lâcher Siri. Ils atteignent la voiture de Maya une bonne demi-heure plus tard, après avoir dit au revoir à Tuva, Markus, Jonas et Alexander. Mylan et Siri s'installent côte à côte à l'arrière, toujours inséparables.

Maya démarre et Heidi met l'album de Danidoo. Les passagers s'égosillent, toutes fenêtres ouvertes. Dans les rues d'Oslo, des passants se retournent, amusés. À cette heure-ci, ce sont des fêtards ou des amateurs de musique qui reviennent comme eux d'Øya. Quand *S'il vous plaît* commence, Mylan et Siri s'embrassent, déclenchant les cris d'Elias et des filles. Définitivement, c'est leur chanson.

Au bout d'un certain temps, la fatigue gagne l'habitacle. Siri pose doucement sa tête sur l'épaule de Mylan. L'adolescent s'emplit les narines de l'odeur de ses cheveux, un mélange de fumée de cigarettes, de vapeurs de bière et de parfum fruité de shampoing. Une odeur qu'il grave dans sa mémoire.

Lorsque Maya les dépose à proximité du lac, Siri s'est assoupie. L'arrêt du moteur la réveille. Elias, Mylan et elle descendent de voiture.

Siri dort debout. Elle embrasse mollement Mylan sur les lèvres et suit son frère en direction de la maison.

– Hey ! On se voit demain ? lui lance l'adolescent.

C'est Elias qui répond :

– Ouais, mais pas avant midi. Bonne nuit !

Mylan se retrouve planté là, perdu entre le silence du paysage et l'intérieur de son être, où résonnent encore les chansons de Danidoo et ses battements de cœur accélérés par la présence de Siri. Il est fatigué mais paradoxalement il se sent capable de tenir éveillé encore un long moment.

Ce qui n'aurait aucune utilité. Il est temps de rentrer.

De nuit, la maison d'Arnaud et Ailin est absolument fascinante. Le dôme, éclairé par les lampes à énergie solaire réparties dans la serre, ressemble à une boule de feu qu'on aurait posée là, en pleine nature. Au-dessus, les étoiles brillent, nombreuses dans le ciel sombre, et Mylan parvient même à distinguer la traînée plus claire de la voie lactée. À Strasbourg, il ne l'a jamais vue : l'éclairage de la ville la rend invisible.

Il tourne la tête de l'autre côté. La maison de Siri et Elias, plongée dans l'obscurité, vient de s'illuminer. Il imagine la jumelle en pyjama. Il rêverait de voir à quoi ressemble sa chambre. Demain, peut-être ?

Pour que demain vienne plus vite, il fonce se coucher.

Il s'étend sur le lit tout habillé, un sourire aux lèvres et un léger larsen dans les oreilles. Malgré la fatigue, il sait qu'il ne va pas réussir à s'endormir tout de suite. Mylan attrape son téléphone.

« Salut Cléa,

Je reviens du festival dont je t'ai parlé, où je suis allé avec les voisins… Leurs potes et eux ont pas arrêté de me parler de mon empreinte carbone, avec le fait que je sois venu en avion.

En même temps, l'écologie c'est la deuxième thématique du festival, après la musique bien sûr... »

Mylan stoppe l'enregistrement. « Non, c'est naze », dit-il à voix haute en l'effaçant. En vérité, il est loin d'avoir détesté cet aspect du festival.

Alors, pour ne laisser aucune pensée négative chatouiller son enthousiasme, il file sur YouTube et lance une playlist de Danidoo. La musique l'électrise instantanément. Il ferme les yeux et l'odeur des cheveux de Siri lui chatouille les narines. Il espère qu'elle le suivra dans ses rêves – s'il arrive à dormir pour de bon après tout ça.

# WIFI

*Salut Cléa. Je préfère te prévenir, ça va être un message trop strange... Déjà, il est hyper tard, toi tu ne vas pas tarder à te lever. Moi, je rentre de ce festival dont je t'ai parlé. Øya, il s'appelle. C'était juste de la fo-lie. Je...*

*En fait, je sais pas quoi dire. Je sais pas par où commencer. Øya, c'est vraiment un truc de dingue. C'est... géant. Tout. Le parc, les scènes, les écrans, la musique, les gens...*

*Et Danidoo... Énormissime. J'ai encore la musique qui bourdonne dans les oreilles. C'était le meilleur concert de toute ma vie.*

*Désolé de pas arriver à mieux ordonner mes pensées, y a beaucoup trop d'émotions en moi. Elles se percutent dans tous les sens, genre auto-tamponneuses, tu vois ?*

*Les gens ici sont vraiment cool. J'adore les Norvégiens. Et les Norvégiennes, haha...*

*Ah si, ce que je peux te dire, c'est que j'ai enfin vu un resto Pink fish. À Oslo. Mais je suis pas entré. Même à Oslo, mon oncle a trouvé moyen de me faire manger paléo, tu le crois ? Il m'a emmené déjeuner dans une brasserie qui s'appelle comme ça, Brasserie Paléo.*

*Quoi d'autre sur Oslo ? La ville est cool, les fjords c'est vraiment beau et après y a plein de boutiques mais c'est pas non plus le truc de mon oncle, il dit que « le matériel est dispensable ». Super. N'empêche qu'il utilise une canne à pêche pour pêcher son poisson, un téléphone pour appeler sa meuf et sa bagnole pour m'emmener à Oslo – bref.*

*Attends, je réécoute ton dernier message, je voulais te dire quelque chose mais je m'en souviens pas.*

*Ouais, re. J'ai retrouvé ce que je voulais te dire : c'est que moi aussi, je kiffe plutôt bien les messages vocaux finalement. T'es tout près. C'est cool.*

*Ah, et pour les moustiques, j'hallucine ! Au moins, ici, je suis tranquille. Ce soir, en rentrant, j'aurais bien supporté un sweat. À mon avis, les moustiques norvégiens émigrent dès qu'ils en ont l'occasion, et ils demandent à changer de nationalité. Être moustique en Norvège, c'est comme être skieur en Bretagne. C'est pas crédible.*

*Tiens, je t'envoie la chanson* Young, alive and rich, *je l'ai enregistrée avec mon téléphone tout à l'heure, bras levé. Je garantis pas la qualité du son mais comme c'est ta préférée de Danidoo…*

*Salut Cléa, c'est encore moi. Je te laisse un nouveau message parce que je viens de voir un flash d'actu qui disait qu'en Malaisie, des éléphants ont été abattus par des agriculteurs parce qu'ils avaient piétiné leurs terres. Ils disaient pas où exactement en Malaisie, ou alors j'ai pas fait gaffe, mais je voulais te dire de faire attention à toi. Les éléphants d'Asie femelles pèsent 2,7 tonnes et les mâles le double… et si les balles des agriculteurs arrivent à blesser ou tuer des gros animaux comme ça, j'imagine même pas les dégâts que ça peut faire sur un humain. Bref, fais gaffe à toi. Sérieusement. Allez, cette fois je vais dormir.*

# 8

Aujourd'hui, c'est shopping. Cléa et ses parents vont passer la journée à Kuantan. Après un robuste petit déjeuner à base de pancakes au Nutella, la formule habituelle, Cléa grimpe à l'arrière du taxi que son père a réservé. Ils sont déjà allés trois fois à l'aéroport de Kuantan mais ils ne connaissent rien de la ville encore.

Le chauffeur leur donne un aperçu général de la capitale du Pahang, qui compte plus de 500 000 habitants et occupe un emplacement stratégique sur la route des épices. Rien n'attire suffisamment l'attention de la famille pour qu'elle demande au taxi de s'arrêter. Le centre d'artisanat local, les temples hindous, la mosquée du sultan Ahmad Shah Satu et son dôme bleu en cloche… Après Kuala Lumpur, tout paraît petit ou déjà vu.

Le véhicule stoppe finalement devant l'entrée d'un immense *shopping center*. Cléa sent une énergie folle la gagner. À l'intérieur, avec la climatisation poussée à fond, tout est rutilant. Elle ne sait où donner de la tête. Par quoi commencer ?

Ici, beaucoup de choses sont vraiment bon marché. Les vêtements et les objets fabriqués localement sont vendus une bouchée de pain. Pour un Européen amateur de bonnes affaires, la Malaisie est un paradis. Les yeux de Cléa se mettent à briller quand, après avoir lu les étiquettes dans la première boutique, elle fait la conversion ringgits*/euros : elle va pouvoir se lâcher. C'est comme à l'ouverture des soldes en France : Cléa ne pense pas aux économies qu'elle va faire mais à tout ce qu'elle va pouvoir s'acheter *en plus* pour le même prix. Il n'est pas rare que ses parents, qui sont comme elle, aient à payer un supplément bagages au retour des vacances. En Égypte, ils ont carrément acheté une valise supplémentaire sur place pour faire rentrer toutes leurs emplettes.

Quatre heures plus tard, la famille est de retour à l'entrée du centre commercial. Chacun porte une dizaine de sacs en papier de tailles et de couleurs diverses. Ils ne se sont octroyés qu'une pause rapide pour déjeuner dans l'un des restaurants de la galerie marchande. Baskets, bottines, tee-shirts hyper originaux qu'elle est sûre de ne voir sur personne à Strasbourg, valeurs sûres de marques internationales qui l'aideront à avoir confiance en elle pour sa rentrée au lycée... Cléa est enchantée de sa moisson. Elle a même pensé à choisir un tee-shirt à rapporter à Mylan en souvenir (jaune et orné d'un gros pouce en l'air de couleur bleue), et elle a acheté une sorte de serpentin en

---

* La roupie malaysienne, ou ringgit, est la monnaie utilisée en Malaisie.

plastique qu'elle compte proposer à Guido s'il revient la voir.

– Il y a une autre ferme de tortues au nord du club, ça vous dit qu'on fasse le détour ? propose son père en ouvrant la portière du taxi. Nous avons le temps, et ça ne nous empêchera pas d'aller faire du sport en revenant.

Son épouse et sa fille acquiescent. Cette dernière a adoré voir les tortues la première fois. Quant au sport au retour au club, elle pourrait bien se contenter de la piscine la plus proche – et tenter d'y décrocher une nouvelle médaille.

Le père de Cléa donne ses indications au chauffeur. Ils arrivent rapidement à la ferme. En chemin, ils longent des pans entiers de forêts en cours de destruction. Cléa grimace. C'est moche. Au moins, au club, la végétation est impeccable et rien ne dépasse. On ne devrait pas laisser un tel spectacle à la vue des touristes.

À l'entrée de la ferme, on a placé de grands panneaux sur lesquels des tortues sont représentées dans leur univers marin avec un style naïf. Le centre est géré par une ONG. Des bénévoles s'y activent. L'un d'eux s'approche des nouveaux arrivants :

– *Hello ! Where do you come from ? Europe, right ?*

Lui-même est asiatique. Il porte un tee-shirt floqué d'une tortue en train de nager et de la mention « *Plastic is fantastic* ». De plus près, on découvre les mots « *not* » et « *so* » entre les pattes de la tortue. « *Plastic is not so fantastic.* »

– *Yes, France !* précise la mère de Cléa.

– Oh, France ! Paris, la tour Eiffel... Denis ! appelle le bénévole, prononçant « Dénisse ».

Un peu plus loin, un homme barbu se retourne et s'approche de Cléa et ses parents.

– Bonjour, je suis Denis, annonce-t-il en arrivant près d'eux.

Lui aussi arbore un tee-shirt avec une tortue. Mais il s'agit d'une Tortue ninja, qui accompagne le message « *Keep calm and eat pizza* ». Chacun son style.

– Il y a des bénévoles de tellement de nationalités ici qu'on trouve à peu près toujours quelqu'un qui parle la langue des visiteurs, explique Denis.

– Donc vous êtes français ? s'intéresse le père de Cléa.

– Belge, répond le barbu.

Cette ferme est beaucoup plus grande que la première. Denis rappelle les sept variétés de tortues marines présentes dans la zone du Sud-Est asiatique. Quatre d'entre elles ont choisi la Malaisie pour pondre leurs œufs. La préférée de Cléa est la tortue à écailles. Elle lui fait penser à Crush, la vieille tortue de mer qui guide le petit poisson dans *Le Monde de Nemo*. Puis Denis expose brièvement le fonctionnement de la ferme avant de commencer la visite. Celle-ci se termine par une salle qui présente les différentes menaces environnementales, nombreuses, qui planent sur la survie des tortues. Cléa a une pensée pour cette tortue géante dont elle a vu l'œil triste, à l'écran, avant de prendre le tram avec Mylan, fin juillet. Charles ? Harry ? George ? Elle portait le prénom d'un membre de la famille royale d'Angleterre...

Les reptiles rappellent à Cléa « son » singe. Sera-t-il de nouveau sur le balcon tout à l'heure ?

Cléa n'a pas réussi à mentionner l'animal dans son dernier message à Mylan. Pas réussi, ou plutôt pas osé. Comment pourrait-elle lui expliquer ? « Je joue à la balle avec un macaque dans ma chambre.» Il la prendrait pour une folle. Dans son prochain enregistrement, elle lui parlera des tortues. Ou des éléphants, tiens !

Justement, Cléa profite de la présence de Denis pour obtenir des informations sur ce qu'a évoqué Mylan :

– Il y a eu des histoires avec des éléphants tués par des agriculteurs, dernièrement ? se renseigne-t-elle.

– Oui, confirme Denis. Ils ont été abattus. Ce n'est pas la première fois. Il y a quelques mois, trois éléphantes d'une vingtaine d'années ont été retrouvées empoisonnées près d'une autre plantation. C'est la police qui est tombée dessus et a alerté les gardes forestiers.

– Qu'est-ce qui s'était passé ? demande Cléa.

– Les agriculteurs mettent des clôtures électriques pour protéger leurs cultures. Des plantations de palmiers à huile, principalement. Et les clôtures ne fonctionnaient plus dans cette zone, ce qui a permis aux éléphantes d'entrer. Elles venaient probablement d'une réserve voisine, et s'étaient éloignées du reste du troupeau.

– Ah, d'accord.

Cléa enregistre l'information.

– Le problème, reprend Denis, c'est que si ça continue, tous les éléphants sauvages vont disparaître. Il n'y en a plus que 1 500 sur le territoire malaisien.

– Mais pourquoi les agriculteurs les tuent-ils systématiquement ?

– Parce que les éléphants piétinent leurs terres, et qu'ils ne le supportent pas. Mais si les éléphants le font, c'est aussi parce qu'il y a de plus en plus de terres mises en culture, on plante des palmiers partout et les éléphants se retrouvent sans habitat. Alors que c'est une espèce en danger !

– Pourquoi est-ce qu'ils plantent autant de palmiers ? s'étonne Cléa. Il y en a déjà partout ici !

– Il en faut toujours plus pour produire toute l'huile de palme qu'on consomme dans le monde entier. Le gouvernement et les entreprises mettent la pression, la mafia s'en mêle... Les agriculteurs sont pauvres, ils n'ont pas tellement le choix.

Cléa pense à son petit déjeuner du jour et déglutit avec un peu plus de peine que d'ordinaire.

– On en trouve dans le Nutella, c'est ça ?

– Entre autres, oui, mais pas seulement : dans plein d'aliments, dans les cosmétiques, dans les produits ménagers... Il y en a partout. La Malaisie et l'Indonésie fournissent 80 % de la production mondiale. Ferrero, qui fabrique ton Nutella, en utilise deux cents tonnes par an, tu imagines ?

– Il faudrait se servir d'autres huiles... réfléchit Cléa à voix haute.

– Sauf que l'huile de palme, c'est l'huile végétale la moins chère, lui apprend Denis. Et un palmier à huile produit quarante kilos d'huile par an pendant trente ans. Super rentabilité, donc ! Mais pas pour l'écosystème. Des millions d'hectares de forêts ont déjà été détruits. Parce que depuis vingt ans, les gens consomment de plus en plus de produits contenant de l'huile de palme, sans se soucier des conséquences sur l'environnement. Le problème, c'est pas l'huile de palme en elle-même, c'est que sa consommation n'arrête pas d'augmenter !

Denis affirme que 90 % des forêts d'Indonésie, de Malaisie, de Bornéo et de Sumatra ont été décimées – le plus souvent par le feu : l'homme allume des incendies pour défricher plus rapidement. Et qu'il arrive aussi que des éléphants assoiffés s'empoisonnent tout seuls en buvant de l'eau chargée en engrais.

– Sur le globe, il y a douze millions d'hectares plantés de palmiers à huile. ça représente un tiers de l'Allemagne. Pour un produit plein d'acides gras saturés même pas bons pour la santé !

Cléa n'avait jamais entendu parler de ce problème. Dès qu'elle repense aux trois éléphantes, son cœur se serre. Mais quelque chose l'interpelle :

– Quand tu disais que les éléphants se retrouvaient sans habitat... Ils ne sont pas les seuls, n'est-ce pas ?

– En effet, répond Denis. C'est toute la faune sauvage qui est touchée. Ici, les forêts pluviales abritent tout un tas d'espèces rares. Outre les éléphants, on trouve des tigres, des orangs-outangs et d'autres espèces de singes...

Cléa songe à Guido et son cœur se serre plus fort encore. Ça tombe bien, c'est l'heure de rentrer. Elle va pouvoir le retrouver et lui donner le jouet qu'elle a acheté pour lui.

Avant de partir, Cléa fait tomber toutes ses pièces de ringgits dans l'urne qui collecte les dons pour faire fonctionner la ferme.

Sur le trajet qui mène le taxi au club, l'adolescente observe un peu mieux ces palmiers. Elle tente d'apercevoir les fruits, de la taille de grosses noix, qui poussent en grappes. Ce sont eux, lui a expliqué Denis, qui renferment l'huile qu'on extrait ensuite par pression à chaud.

Une fois dans sa chambre, Cléa ouvre la fenêtre. Nulle trace de singe sur le balcon. Elle n'en a vu aucun à la piscine en passant. Ses parents ont annoncé qu'ils prendraient une voiturette pour aller à la seconde piscine. Cléa décide de se rendre elle aussi de l'autre côté du club, mais à pied.

La partie arborée qu'elle traverse bruisse de toute la vie qu'elle contient. Cléa écoute. Elle est préoccupée. Au sortir du bois, elle n'a pas le cœur à mimer du patinage artistique dans la piscine. Après avoir posé ses affaires près de celles de ses parents, elle se rend au centre de voile, s'équipe et grimpe sur un catamaran. Depuis la mer, elle admire la vue magique offerte par la végétation tropicale bordant la plage.

Ce soir-là, Guido ne fait pas d'apparition. Ni avant la douche, ni après le dîner. En sortant du restaurant, Cléa, torche de son portable allumée, a poussé jusqu'à l'entrée de la forêt du club dans l'espoir de l'apercevoir ou de l'entendre. Lui ou d'autres singes. Juste pour se rassurer. Être certaine qu'ils sont encore là. Elle n'a rien vu d'autre que l'obscurité feuillue. Rien entendu si ce n'est le bruit de la nature qui s'endort.

Elle est obsédée par cette phrase de Denis :

– Il faut un palmier à huile pour couvrir la consommation annuelle d'une famille française.

C'est une image, bien sûr. Cependant Cléa ne peut s'empêcher de mettre en parallèle sa famille d'humains et celles d'animaux. Une qui mange, les autres qui s'affament. Une qui détruit, les autres qui souffrent.

Et cela fait naître en elle un sentiment très pénible, auquel elle n'est guère habituée. Pas de la tristesse, non, tout autre chose : de la culpabilité.

*

« Hello Mylan,

Aujourd'hui, en visitant une nouvelle ferme de tortues, j'ai découvert que l'habitat de pas mal d'animaux d'ici est détruit à cause de tous les palmiers qu'on plante pour satisfaire nos besoins en huile de... »

Ça ne va pas. Elle recommence.

« Hello Mylan,

Je me suis renseignée sur les éléphants dont tu me parlais,

en fait si les agriculteurs les abattent c'est parce qu'ils veulent produire un maximum d'huile de… »

De nouveau, Cléa s'arrête. Elle ne va pas l'embêter avec ça alors qu'il est en mode festif avec son concert et ses nouveaux amis.

## WIFI

*Hello Mylan ! Tu vas halluciner quand tu vas voir les photos que je viens de t'envoyer. La femme de ménage aussi va halluciner quand elle entrera dans ma chambre demain et qu'elle verra tous ces sacs partout... Cette session de shopping était géniale, je dépensais, je dépensais et c'était comme si mon porte-monnaie se remplissait au fur et à mesure, j'avais l'impression que la monnaie qu'on me rendait à chaque fois valait plus que ce que j'avais donné ! D'ailleurs, au bout d'un moment, mon porte-monnaie ne fermait vraiment plus, avec tous les billets et surtout toutes les pièces...*

*En rentrant, on s'est arrêté à une ferme de tortues. Je me rends compte que j'ai même pas parlé de la première qu'on a visitée ici, au début du séjour. En fait le gouvernement de Malaisie tient à préserver les tortues marines, elles pourraient disparaître comme celles des Galápagos, tu te souviens ? Les requins, les baleines ou même les oiseaux les mangent parfois quand elles sont jeunes, mais si elles sont menacées, c'est surtout à cause des hommes. Les tortues se coincent dans les filets de pêche, avalent des sacs plastique qu'elles prennent pour des méduses... Et puis il y a un trafic d'œufs. À ce qu'il paraît, les œufs de tortues seraient aphrodisiaques... Les hommes chassent aussi les tortues pour revendre leur peau, leur carapace, leur graisse et même leur viande.*

*Dans la ferme, il y a plusieurs bassins aménagés, quatre si j'ai bien compté. Les bénévoles s'occupent aussi des tortues malades ou blessées,*

*blessées, ils les soignent. Et ils ramassent les œufs qui sont pondus sur les plages du coin, ils les mettent dans une écloserie pour qu'ils puissent grossir tranquilles. Quand les bébés tortues sont nés, ils vont à la nurserie, c'est un autre bassin où ils restent pendant trois mois. À trois mois c'est bon, les petites tortues peuvent être réintroduites dans leur milieu naturel.*

*C'est maintenant la saison où les tortues pondent leurs œufs sur la plage. Ça se passe la nuit, et c'est possible d'y assister. Je vais voir avec mes parents si on peut faire ça avant de repartir. Ici, au club, il est censé y en avoir qui viennent pondre sur la grande plage mais j'ai pas repéré de traces de leur passage. Au moins, dans les fermes et autour, on est sûr de pas être déçu.*

*J'ai eu ton message pour les éléphants, promis je fais gaffe. Mais tu sais, je m'aventure pas dans la forêt toute seule, à part celle du club et là y a aucun risque. Le reste du temps, je suis dans un taxi !*

*Tes autres messages m'ont fait rire… J'avais l'impression que tu étais défoncé ! C'était assez incohérent. Bon, j'ai quand même compris que le concert de Danidoo était trop bien ! T'as filmé d'autres chansons que* Young, alive and rich *? Si oui, balance les vidéos ! La première était top. Bisous.*

# 9

Mylan recommence à trouver le temps long. Aujourd'hui, 16 août, c'est la rentrée scolaire en Norvège. Son oncle a repris le travail ce matin. Mais ce n'est pas ça le principal souci.

Pour Elias et Siri aussi, c'est la rentrée. Apercevoir leur maison en sachant que la jumelle blonde n'y est pas ressemble à une douce torture pour l'adolescent.

Leur baiser à la fin du concert de Danidoo avait le goût d'une promesse. Dans son extase, Mylan a calculé qu'il atteignait seulement la moitié de son séjour chez Arnaud. La perspective de passer une semaine main dans la main avec Siri l'a ravi. Il n'avait pas réalisé que pour elle, la fin des vacances pointait le bout de son nez. Le festival Øya se déroule toujours au seuil de la rentrée.

Du festival, Mylan a tenté de raconter l'ambiance générale, le lendemain au déjeuner. Il a aussi évoqué Danidoo et sa surprise d'entendre ces milliers de Norvégiens hurler du français sur la chanson *S'il vous plaît*.

– C'est comme le *Voulez-vous* d'ABBA à l'époque, a dit Arnaud, amusé.

Et il s'est mis à fredonner :

– Voulez-vous... *Ain't no big decision, You know what to do*, La question c'est voulez-vous...

– Connais pas, a lâché Mylan.

Arnaud a ouvert de grands yeux :

– ABBA ! Le groupe suédois ! Les pattes d'eph' pailletées les plus célèbres de l'histoire de la musique ! Comment peux-tu ne pas connaître ? Tes parents ont dansé là-dessus, je peux te le dire.

Mylan a haussé les épaules. Ses parents, à part lors des rares mariages compatibles avec leur emploi du temps – pas celui d'Arnaud, donc –, il ne les a jamais vus danser.

– Tu n'as qu'à venir avec moi demain, suggère Arnaud le soir de la rentrée.

– Quoi, à l'école maternelle ?

Mylan aime modérément la compagnie de jeunes enfants – mais une journée en tête-à-tête avec Ailin, qui est restée à la maison pour qu'il n'y soit pas seul, lui a suffi.

– Oui, pourquoi pas ? Tu verras que ce n'est pas une école exactement comme les autres. Et puis, tu seras au grand air... On peut dire que ce sera ton stage de survie !

– Au grand air norvégien ?

– Non, à la journée sans wifi !

*

Le lendemain, Mylan se laisse embarquer sans protester.

– Ben elle est où, cette école ? demande-t-il à Arnaud lorsque celui-ci coupe son moteur.

La construction qui se dresse devant lui est trop petite pour porter ce qualificatif. Pourtant, des enfants sont là avec leurs parents...

– Nous allons commencer par un peu de vocabulaire, sourit Arnaud. Ici, on pratique l'*udeskole*.

– Quoi ?

Mylan n'a pas posé de questions quand son oncle a proposé qu'il l'accompagne. Il le regrette à présent : on dirait qu'il est tombé dans un véritable traquenard.

– *Udeskole* signifie *outdoor school*, l'école en extérieur, explique Arnaud. C'est un concept répandu dans les pays scandinaves. Le principe, c'est de se servir de tous les milieux autour qui peuvent être sources d'apprentissage. Les forêts, les lacs, les parcs, mais aussi les fermes, les usines, etc. Plutôt que d'acheter du matériel, on utilise l'environnement local !

Mylan imaginait se poser dans un coin de la salle de classe et rêvasser à Siri. La perspective vient de changer brutalement.

La femme qu'Arnaud présente comme son assistante pédagogique, prénommée Agnete, a préparé deux pancartes. Sont dessinées sur l'une une grosse framboise, sur l'autre une grosse mûre.

– Aujourd'hui, c'est cueillette et confiture ! annonce Arnaud gaiement.

Les enfants dont il s'occupe sont âgés de trois à six ans.

– On s'est aperçus que les élèves n'étaient plus vraiment motivés par l'école. On a pensé que ça venait peut-être du cadre et on a essayé de proposer autre chose.

– Qui ça, « on » ? relève Mylan.

– Les enseignants des pays scandinaves.

Arnaud et Agnete posent les deux pancartes d'un côté et de l'autre de la clairière où les enfants sont réunis et distribuent des récipients ronds. Le programme est simple : d'abord ramasser les baies roses et noires, puis les trier et les répartir entre les bassines qui soutiennent les pancartes.

– Avec des bols en plastique, bravo ! raille Mylan en rigolant.

– Ils sont en bambou, commente Arnaud avant d'aller guider son groupe.

Mylan ne cille pas. Ça l'agace un peu de ne pas réussir à coincer son oncle, mais il doit bien admettre que les écolos ont de bonnes idées. Les bols sont jolis. Ils paraissent laqués.

Mylan va s'asseoir sur une grosse pierre à peu près plate. Il observe les enfants qui, sagement, cueillent les fruits et les déposent dans les récipients.

– C'est pas mal votre truc... lâche-t-il à son oncle quand celui-ci le rejoint pour une pause.

Sa voix n'est teintée d'aucun sarcasme. Il constate que les enfants, en récréation, s'en donnent à cœur joie. Ils grimpent aux arbres ou jouent à courir autour des troncs. C'est marrant, parce qu'en France la récréation est synonyme d'aération.

On dit d'ailleurs « *sortir* en récré ». Là, les enfants sont déjà dehors. Mylan aurait bien aimé connaître ça.

– Ça fait trente ans que ça existe, c'est bien que ça doit fonctionner ! Et on propose ça aux petits dès le jardin d'enfants, l'équivalent de la crèche en France… Même les enfants du prince héritier de Norvège sont inscrits dans un jardin d'enfants en pleine forêt, alors…

– Mais qu'est-ce qui se passe s'il pleut ? demande Mylan.

Arnaud se félicite de l'intérêt grandissant de son neveu pour l'*udeskole*.

– Il y a toujours un abri, une construction de bois ou une tente… Mais comme disent les Norvégiens : « Il n'y a pas de mauvais temps, seulement des mauvais vêtements. » Alors on s'équipe ! Il faut que les températures descendent en-dessous des -10° C pour qu'on garde tout le monde à l'intérieur.

À Strasbourg, quand il commençait à pleuvoir, les enseignants donnaient un coup de sifflet et il fallait rentrer même si la récréation n'était pas terminée.

Mylan plonge dans ses souvenirs scolaires. À l'école maternelle, il a commencé à apprendre à compter. Et à écrire. Dans un cahier que sa mère a ressorti en faisant du rangement, il a retrouvé les premiers essais d'écriture de son prénom : le « L » est toujours tracé à l'envers, tourné vers la gauche.

Au moment du déjeuner, en fin de matinée, il a beaucoup de questions à poser à son oncle.

– Tout ne peut pas s'apprendre juste avec des arbres, commence-t-il.

– À quoi tu penses ?

– Je sais pas... Les maths par exemple. On peut pas se contenter de compter les arbres.

– Les compter non, bien sûr. Mais les mesurer, calculer leur volume, ça élargit le champ du savoir. Pour apprendre les multiplications, les élèves se lancent une balle tout en récitant les tables. Il y a un mouvement corporel différent par multiple. Chaque table est apprise par association des nombres et des gestes.

– Bon, OK. Mais les autres matières ?

– Ça marche aussi avec les conjugaisons. On peut proposer des variantes en utilisant la marelle. En littérature, on étudie des poèmes sur la nature. Et avant ça, on a déchiffré les panneaux forestiers, tu t'en doutes.

– Bon... Arts plastiques ?

– On ramasse des feuilles tombées des arbres, on les fait sécher, on réalise des couronnes avec des pommes de pin...

– Tu as réponse à tout, s'amuse Mylan. Histoire ?

– On quitte la forêt et on va visiter des bâtiments historiques des environs.

– En sciences ?

– On observe la faune et la flore ! On découvre tout ce qu'il y a à découvrir sur les arbres, on écoute les cris d'animaux, on apprend à identifier les oiseaux à leur chant, on réalise un herbier. Avec les plus grands, avant de confectionner des confitures de framboises ou de mûres sauvages, on fabrique son propre thermomètre. Et on construit le grill sur lequel on cuira le déjeuner.

– Ah ouais, c'est comme un camp scout en fait !

– Un peu… Les enseignements sont principalement interdisciplinaires mais les matières obligatoires sont respectées ! Ça prouve que la pédagogie peut se faire sans salle de classe, sans livres ni cahiers et en adaptant le programme à la saison ou à la météo. On apprend également à se sentir petit au milieu des arbres, et à les respecter. Ce qui n'est pas la moindre des leçons.

Mylan se gratte le menton.

– Mais tout ça n'est fait que pour les gamins qui vivent à la campagne, en fait, dit-il finalement.

– C'est vraiment trop compliqué pour toi d'admettre que c'est une bonne idée ? soupire Arnaud en souriant. Tu cherches la petite bête… Tu seras heureux de savoir que la nature et la forêt nous apprennent au contraire à améliorer notre vie en milieu urbain.

Mylan a envie de se laisser convaincre.

– Ailin aussi a passé la plus grande partie de sa scolarité dehors, l'informe Arnaud comme pour apporter de l'eau au moulin de sa réflexion.

Il explique que la société norvégienne pousse les petits à passer du temps à l'extérieur et les rend autonomes rapidement.

Il n'est pas rare de voir des gamins de six ou sept ans marcher le long de la route sans adulte pour se rendre à l'école.

– Les pays scandinaves ont une approche vraiment différente de celle de la France. En Suède, le droit de libre accès à la nature est même inscrit dans la constitution.

Mylan pense à tous ces jeunes qui participent au festival Øya, qui se lâchent sur la musique et dansent sur les pelouses. À tous ces autres jeunes munis de tee-shirts verts et de sacs-poubelle qui collectent les déchets des spectateurs. Est-ce qu'ils sont allés à l'école dans la forêt ? Si oui, alors ces petits, là, en feront certainement autant. Voire plus.

Et lui, se demande-t-il soudain en observant une fillette retirer d'une bassine une fine branche qui n'a rien à faire là, a-t-il déjà fait quoi que ce soit pour la planète qu'il habite ?

Inévitablement, ses pensées dévient et le ramènent à Siri. Il n'est pas sûr de la revoir d'ici à son départ.

– Tu habites dans quel coin de France ? lui a demandé Jonas avant que Danidoo monte sur scène, samedi soir à Øya.

– Dans l'est. À Strasbourg.

– C'est marrant, a réagi Siri, cette année mon école a organisé un échange avec un collège d'une ville toute proche de Strasbourg.

Mylan a ouvert de grands yeux :

– Tu te souviens du nom ?

– Laisse-moi réfléchir...

Siri a fait un gros effort de concentration avant d'articuler :

– Schiltigheim.

– Schilig ! s'est exclamé Mylan, reprenant le surnom de la commune limitrophe de Strasbourg, située au nord-ouest du Parlement européen.

Un instant, il s'est imaginé tombant par hasard sur Siri sur le parvis de la cathédrale ou devant le palais Rohan. La magie de la rencontre aurait-elle eu lieu de la même façon ?

– C'est fou, tu étais tout près de chez moi…

– Je n'y suis pas allée, a répliqué Siri.

– Ah. Et pourquoi ?

– Parce que le voyage se faisait en avion. Et que je ne prends pas l'avion.

– Pourquoi ? a répété Mylan.

Siri lui a calmement expliqué que l'avion était le moyen de transport le plus nuisible pour le climat.

– Et l'émetteur de gaz à effet de serre dont la progression est la plus forte, a complété Markus. Bonjour la contribution au réchauffement climatique. Ça ne devrait pas s'arrêter, vu le nombre de projets d'aéroports en chantier… Si on ne fait rien, dans vingt ans il y en aura mille de plus.

Mylan a repensé à cet aéroport génial que lui a décrit Cléa dans son tout premier message de Malaisie, avec sa cascade et son métro. Où se trouve-t-il, déjà ? Hong Kong ? Singapour ?

– Ça signifie que tu viendras jamais en France… a regretté Mylan à voix haute.

En réalité, c'est « que tu viendras jamais *me voir* » qu'il aurait dû dire ; car c'est précisément ce qu'il pensait. Dans sa tête, ça commençait à devenir confus, et pas seulement à cause des images psychédéliques en mouvement sur les écrans. La distance entre Siri et lui n'est pas une affaire de kilomètres. Ni de nationalité. Le fossé qui les sépare est creusé par les convictions qu'ils ne partagent pas.

– Et pourquoi pas ? a rétorqué Siri en souriant. Il y a d'autres modes de transport qui sont OK pour l'environnement. Le vélo, par exemple.

Elle se moquait de lui, en plus. Le cœur de Mylan s'est serré.

– Arrête ! On peut pas faire Oslo-Strasbourg en vélo... Y a au moins 1 500 bornes ! a-t-il objecté en se forçant à rire.

Mais Siri ne plaisantait pas.

– Bien sûr que si, on peut. Suffit de prendre le ferry à Larvik puis de pédaler, en s'arrêtant de temps en temps pour dormir. Ça veut dire que les vacances commencent par deux ou trois semaines de voyage...

Mylan n'a jamais envisagé les choses comme ça. Pour lui, les vacances démarrent lorsqu'il arrive à destination, pas lorsqu'il part de chez lui.

– Mais traverser le Danemark et l'Allemagne pour arriver jusqu'en France, ça doit être super sympa, a repris Siri. Plus que s'enfermer dans la carlingue d'un avion pour aller... je sais pas, moi, en Inde ou en Malaisie.

Mylan a tiqué. Il n'a pas évoqué une seule fois Cléa et ses

vacances de rêve devant Siri. Elle a cité ce pays par hasard. À moins qu'elle n'ait un don de voyance ?

En tout cas, Siri n'est pas opposée à l'idée de venir un jour en France. C'est une bonne nouvelle. Et c'est ce que Mylan a décidé de retenir. Mais depuis la douche froide de dimanche, il n'y croit plus. S'il veut revoir Siri, il faudra qu'il revienne passer du temps chez Arnaud.

En avion, bien sûr.

– Et puis ça sert à rien que je fasse autant d'efforts si c'est pour ruiner mon bilan carbone en prenant l'avion, a ajouté la Norvégienne. Déjà que je suis pas au max, vu que j'arrive pas à me passer de mon portable et d'Internet...

– C'est parce que tu veux pas te faire de tresses ! a raillé Elias.

Les autres se sont esclaffés – sauf Mylan. La référence à Greta Thunberg était évidente, mais il ne l'a saisie qu'après coup.

Alexander, cette encyclopédie ambulante pour tout ce qui concerne l'environnement, est intervenu en précisant que l'avion émet près de 300 grammes de $CO_2$ par passager au kilomètre – contre zéro pour le vélo.

– C'est pour ça qu'on s'entasse quand on prend la bagnole ! a insisté le jeune homme. Plus on est nombreux dedans, moins on alourdit notre bilan. On a pas le temps d'attendre, c'est maintenant qu'on doit réduire nos émissions si on veut éviter l'apocalypse !

Mylan n'a eu besoin de faire aucun calcul : son bilan carbone à lui est catastrophique, il le sait. Et ceux qu'il a accompagnés à Øya le savent eux aussi.

– Enfin, faudra que tu sois patient, a conclu Siri avec un clin d'œil. Mes parents me laisseront jamais traverser l'Europe comme ça en vélo tant que j'ai pas dix-huit ans.

*

Mylan goûte la confiture de mûres. Pour ne pas utiliser de sucre raffiné, son oncle a ajouté aux fruits un sirop obtenu en faisant réduire du jus de pommes et en le mélangeant à du jus de citron vert. C'est délicieux.

Il aimerait discuter avec quelqu'un de son âge, partager ce qu'il ressent sur ce qu'il découvre. Au lycée norvégien, *Videragaendeskole,* les journées de cours se terminent à quinze heures. Mais Elias et Siri sont partis à l'internat, ils ne reviendront qu'en fin de semaine.

Et en fin de semaine, Mylan s'en ira.

– Elias et Siri sont à fond niveau écologie, dit-il pour relancer la conversation.

Pour relancer la conversation, et parce que Siri l'obsède. Mais s'il parle des deux, Arnaud ne remarquera rien.

– Siri surtout, répond celui-ci avec un clin d'œil. Pour elle, l'écologie passe avant tout le reste. C'est pas Greta Thunberg, mais pas loin.

Mylan vient de tilter.

– Ouais, il lui manque les tresses, marmonne-t-il.

Arnaud pouffe.

Mylan, lui, se désole. Il a bien du mal à admettre que sa relation avec Siri n'a pas d'avenir. Son bonheur de samedi a été si intense qu'il refuse de retomber sur terre aussi vite.

Dimanche après-midi, pourtant, Siri s'est comportée comme s'il ne s'était rien passé entre eux la veille. Par la magie d'Øya, un pont est apparu au-dessus du fossé qui les sépare, mais il n'a pas tenu. Son charme n'a pas réussi à faire oublier à Siri que l'écologie et lui, ça fait deux.

– Moi, je pourrais jamais être avec une fille comme ça, déclare-t-il à Arnaud.

Il aimerait se confier davantage à son oncle mais la fierté l'emporte.

– J'ai tendance à penser que ce que l'on rejette, c'est souvent ce qu'on admire le plus en secret, sans en être capable… Siri a des convictions, et ça on ne peut pas le lui reprocher. À ton âge, ça m'aurait plutôt fait tomber raide dingue amoureux.

Mylan soupire.

– Elle ne veut pas de moi, lâche-t-il finalement.

– J'avais compris, répond Arnaud, l'air désolé. Allez, tu m'aides ?

Il désigne les deux pancartes « mûre » et « framboise ». Mylan les récupère et les rapporte à Agnete.

– Au fait, a-t-il le temps de lancer à son oncle, tes confitures, là, c'est paléo ?

*

« Salut Cléa !

Message spécial pour expérience particulière. Figure-toi que j'ai accompagné mon oncle au taf, il est instit de maternelle, je sais plus si je te l'avais dit. Sauf que l'école où il bosse n'est pas un bâtiment avec des salles de classe et des petits porte-manteaux décorés aux noms des enfants. C'est juste… la forêt. Dehors, quoi. Ils font l'école dehors et ils en sont super fiers. C'est pas le cas de 100 % des Norvégiens mais une bonne partie quand même. Par exemple là, le deuxième jour après la rentrée, l'activité c'était cueillir des mûres et des framboises puis en faire de la confiture. C'est pas une colo ou un centre aéré, c'est bien l'école. J'ai halluciné.

Arnaud m'a expliqué que ça marchait bien et que les Norvégiens n'étaient pas moins instruits que les autres enfants mais j'ai quand même des doutes.

Toi, pendant ce temps, tu apprends de vrais trucs ! Génial de voir la reproduction des tortues d'aussi près. Au moins, c'est quelque chose d'exotique. Tandis que moi, j'ai fait des kilomètres pour que des gamins me montrent fièrement qu'ils savent faire la différence entre une mûre et une framboise… Super !

Et sinon, je sens que ma vie sociale va redevenir celle d'un caillou, avec la rentrée je ne vois plus les voisins. À part mon oncle et Ailin, je risque de ne plus communiquer qu'avec des gosses de quatre ans qui parlent seulement norvégien...

Heureusement que je rentre bientôt ! Et j'ai hâte de te retrouver. D'ailleurs, si je compte bien, tu décolles dans quelques heures... Vivement que ce soit mon tour et qu'on soit réunis !

Ah tiens, mon oncle m'a dit qu'ici les enfants apprenaient à se sentir petits au milieu de nos amis des arbres... Lol ! Tu veux pas essayer avec les palmiers de Malaisie ? »

Mylan soupire.

Il se sent soudain ridicule et se demande pourquoi. Il a toujours réussi à partager ce qu'il ressentait avec Cléa jusqu'à ces vacances. Qu'est-ce qui bloque ?

Il recommence.

## WIFI

*Salut Cléa !*

*Aujourd'hui, j'ai accompagné mon oncle au boulot. Il est instit, en maternelle. Et il fait l'école… dehors. Toute l'année, même s'il pleut. Les enfants ne rentrent que quand il fait hyper froid.*

*C'était… surprenant.*

*Je me demande si on devrait pas s'inspirer de certains trucs qu'ils ont mis en place. La femme de mon oncle a fait l'école comme ça et aujourd'hui, c'est une architecte hyper cotée en Norvège.*

*C'est trop différent de notre système d'éducation à nous pour que j'arrive à bien savoir ce que j'en pense mais je crois que moi, j'aurais vraiment kiffé aller dans la forêt tous les jours plutôt que dans une salle de classe. Pas toi ?*

*Allez, bisous.*

# 10

Cléa est à bord d'une voiturette du club quand un barrissement retentit. Le véhicule, conduit par son père, s'immobilise pour laisser passer un troupeau d'éléphants. Les pachydermes s'engagent sur le chemin qui mène à la seconde plage. La voiturette les suit à vitesse réduite.

Arrivés sur le sable, les éléphants s'approchent de l'eau et entreprennent de se rafraîchir. Mais quelques secondes après avoir bu, ils s'effondrent. Cléa, qui est descendue de la voiturette pour les contempler de plus près, recule, terrifiée. Des cris se font alors entendre derrière elle, dans la forêt. Les arbres de celle-ci ont d'un coup de baguette magique été remplacés par des palmiers fluorescents. Leurs feuilles sont en plastique et leur tronc… en caoutchouc. Des singes surgis d'on ne sait où se jettent contre les troncs et rebondissent pour atterrir sur la plage. Cléa ne sait plus où donner de la tête. Les singes sautillent parmi les cadavres d'éléphants tandis que derrière eux, la mer est à présent entièrement recouverte de pailles comme celles des cocktails servis à la piscine et au bar… Soudain, trois singes se précipitent simultanément sur Cléa, qui tombe à la renverse sur le cadavre encore chaud d'un éléphant.

Cléa se réveille en sursaut. Le coton de sa chemise de nuit est trempé de sueur. De la lumière filtre par les rideaux. Le jour est levé. Elle regarde l'heure sur l'écran de son téléphone portable. Des vacanciers doivent déjà se presser au restaurant pour prendre leur petit déjeuner.

C'est une bonne chose qu'elle n'ait pas à se rendormir. Son rêve lui a laissé une impression étrange, plutôt désagréable.

Tout en s'étirant dans son lit, Cléa écoute le message vocal laissé par Mylan. Le prochain qu'elle lui laissera en fin de journée sera son dernier de Malaisie. Puis elle tapote quelques mots à l'attention de ses parents : elle va se balader sur la grande plage avant d'aller manger. Le wifi fait passer l'information dans la chambre voisine.

Cléa va à la salle de bains boire un verre d'eau. Le liquide frais achève de lui remettre les idées en place. Elle voulait voir la mer teintée des couleurs de l'aube, elle ne s'est jamais levée assez tôt pour ça. L'occasion se présente *in extremis* et elle n'est pas déçue : c'est encore plus beau qu'en pleine journée. Il y a de l'animation un peu plus loin : trois personnes se tournent autour dans une sorte de valse. En s'approchant, Cléa comprend qu'il s'agit d'un couple et de son photographe. Les poses enamourées s'enchaînent dans le décor romantique de la plage.

La jeune femme porte une robe rose pâle dont les pans légers flottent au vent. Les tourtereaux s'embrassent exagérément. Le mot « cliché » prend tout son sens.

– Certainement une lune de miel, se dit Cléa.

En parlant de miel... La promenade lui a ouvert l'appétit. Il est temps de regagner le restaurant.

Cléa repère ses parents dès qu'elle entre, installés à une table dans la partie ouverte sur la piscine. C'est leur coin habituel, qui leur évite de porter un gilet le temps du repas – tout en leur permettant d'être au calme : les tables de la zone climatisée sont prises d'assaut par la plupart des touristes. Cléa leur fait signe puis va composer son assiette. Sans réfléchir, elle y empile des pancakes tout juste cuits. Au moment de les recouvrir de Nutella, elle hésite. Les mots de Denis résonnent. Cléa regarde autour d'elle : dans combien d'aliments de ce buffet y a-t-il de l'huile de palme ? Que nécessite cette nourriture pour arriver jusqu'ici ? Combien d'espèces en font les frais ? Dire qu'une bonne partie de tout ça va être jetée à la fin du petit déjeuner... Derrière leurs promesses de nature, les clubs de vacances ne sont-ils pas les pires ennemis de l'environnement ?

Cléa a tout de même très envie de son Nutella habituel. Et les pots sont là. Ils lui tendent les bras. Qu'elle en prenne ou non, qu'est-ce que ça changera ?

Elle finit par saisir la cuillère, la plonger dans l'un des pots et fait couler la pâte brune sur ses pancakes. Puis elle passe prendre un grand verre de jus de fruits fraîchement pressés et ajoute, pour la couleur, quatre tranches de fruits du dragon violets.

– Alors, cette balade ? s'enquiert sa mère quand elle s'attable enfin.

– Top ! s'exclame Cléa avant de raconter la séance photo qu'elle a aperçue. Entre ça et les tortues, il s'en passe des trucs sur la plage ! rigole-t-elle.

Couteau et fourchette en main, elle découpe une portion de son gâteau de pancakes à la pâte à tartiner.

– Un problème ? demande son père en la voyant grimacer légèrement après qu'elle a commencé à mâcher.

– Goût bizarre, articule Cléa, la bouche pleine. C'est le Nutella, là.

– Ah ? Il est peut-être ouvert depuis trop longtemps… suggère sa mère.

– Ça m'étonnerait, rétorque son mari, tu as vu le débit ? Je suis sûr que plusieurs pots partent chaque jour…

– Va prendre autre chose si ça ne va pas, chérie ! conseille la mère de Cléa en se resservant du thé.

Celle-ci hoche la tête et pousse son assiette vers le centre de la table, signal signifiant aux serveurs qu'ils peuvent la débarrasser même si elle n'est pas vide. « Si le contenu n'est pas bon, ce n'est pas vraiment du gâchis », tente-t-elle de se rassurer.

Puis elle retourne du côté du buffet et recommence l'opération pancakes. Elle marque un temps d'arrêt devant le deuxième pot de Nutella. Puis elle opte pour la confiture de bananes.

Quand Cléa revient à table, ses parents se lèvent : ils ont rendez-vous au spa où ils ont réservé des pédicures suivies de massages balinais. C'est seule que Cléa va déguster sa nouvelle assiette – la première a disparu en son absence.

Elle pique et mâche. Aucun problème cette fois.

Elle regarde devant elle et aperçoit une colonie de six ou sept singes avançant sur les tuiles, au-dessus de la piscine. Et si le goût étrange dans sa bouche, tout à l'heure, n'avait rien à voir avec le Nutella ?

Tandis que les singes s'éloignent, Cléa pense de nouveau à ce que leur a expliqué Denis à la ferme des tortues. La différence entre hier et aujourd'hui, si ce n'est pas le Nutella en lui-même, c'est ce qu'elle sait de sa fabrication. C'est le rapport qu'elle voit entre ce qu'elle mange et ces petits singes qui ont disparu derrière le toit. Entre ce qu'elle mange et Guido, même.

Évidemment.

Guido qu'elle n'a pas revu, et qu'elle cherche à reconnaître dès qu'elle repère des macaques à proximité.

Elle pense à Mylan, aussi, tout là-haut au nord du continent européen. Au message qu'elle lui laissera tout à l'heure. Elle aimerait lui dire qu'elle a l'impression qu'elle ne peut plus être heureuse ici si elle sait que les animaux ne le sont pas. Mais ça ne rime à rien, c'est absurde, il ne comprendrait probablement pas. Elle lui racontera plutôt à quel point les jeunes mariés sur la plage étaient ridicules. Ça au moins, c'est fun.

Cléa termine ses pancakes. Elle engloutit les tranches de fruits du dragon, boit d'une traite son jus de fruits. Puis elle se lève et passe par le buffet où elle attrape deux viennoiseries d'inspiration française qu'elle avale en sortant du restaurant.

Il s'agit de profiter à fond de sa dernière journée.

# WIFI

*Hello Mylan ! Ceci est un message 100 % nature, je te préviens.*

*On a finalement fait ce truc incroyable d'aller voir les tortues qui pondent la nuit sur la plage. En fait, on ne peut pas vraiment être là quand elles pondent, ils gardent secrets les endroits où elles le font par respect pour elles. Si j'ai bien compris, ce serait l'équivalent de débarquer tous dans une salle de maternité quand une femme commence à accoucher, non seulement ce serait pas cool, mais en plus ça pourrait interférer dans le processus naturel, bref. Donc on s'est retrouvés après le dîner à un point de rendez-vous précis avec un guide spécialisé. On n'était pas exactement tout seuls, on formait un groupe d'une trentaine de touristes réunis sur la plage.*

*Le guide travaille dans une ferme de tortues. Il nous a dit direct qu'une tortue verte avait été repérée et qu'on allait sans doute pouvoir la voir et l'accompagner jusqu'à son retour à la mer. On est pile à la bonne période, c'est l'été que les tortues vertes viennent pondre la nuit sur les plages de Malaisie. Elles creusent un trou d'environ vingt centimètres de profondeur et y déposent leurs œufs, une centaine à la fois, puis elles les recouvrent de sable et elles regagnent la mer.*

*On a attendu une vingtaine de minutes et la tortue est arrivée. Notre tortue. Énorme, et avançant lentement, c'est le principe avec les tortues hein. On a pu marcher à côté d'elle sur les quelques mètres qu'elle a parcourus sur la plage, éclairés par la torche du guide. C'était… magique. Notre tortue avait un regard si particulier, intense et tranquille en même temps, j'avais l'impression qu'elle voulait nous dire des choses… J'oublierai jamais ce regard.*

*Et hier soir, on a fait un autre truc magique. Tu vois la scène du* Tombeau des lucioles *où les deux orphelins sont émerveillés de se retrouver entourés de toutes ces lucioles ? Eh bien, j'ai vécu un truc qui ressemble à ça. On a d'abord marché un peu, cette fois heureusement, personne n'avait oublié l'anti-moustiques. Le départ était plus tôt que pour les tortues, on avait rendez-vous juste après le dîner. On a pris un petit bateau à moteur. Le batelier a agité une lampe rouge pour attirer les lucioles, les mâles seulement. Il nous a expliqué que les femelles restaient immobiles. Et aussi que Cherating, l'endroit où on est, est connu pour abriter une importante colonie de lucioles, du coup les zones fluviales ont été aménagées spécialement pour qu'on puisse venir les observer.*

*Ça a marché, les lucioles sont arrivées, elles se sont mises à virevolter autour de nous, il y en avait des centaines, et avec la lumière qu'elles produisaient malgré la nuit noire autour du bateau on était éclairés comme en plein jour. C'était encore plus magique que la tortue. Féérique. Un spectacle hallucinant. Y en a même une qui s'est posée sur mes cheveux, j'ai eu l'impression qu'une fée me touchait avec sa baguette…*

*Bon, sinon ça avait l'air top cette expérience dans la forêt avec ton oncle et ses trolls vikings ! T'as raison, y a forcément des bonnes idées à prendre un peu partout dans le monde. J'ai hâte que tu m'en dises plus. Ça tombe bien, je rentre ! Quand tu écouteras ce message je serai dans l'avion. Et quand j'atterrirai tu ne tarderas pas à prendre le tien.*

*Bisous et à bientôt en vrai !*

# 11

Cléa a quitté la Malaisie avec la certitude qu'elle n'y remettrait jamais les pieds. Jamais de cette façon, en tout cas. On ne peut pas prendre sans rien rendre en retour. Ça ne fonctionne pas.

Et moralement, c'est assez ingérable.

De retour à Strasbourg, elle défait ses bagages. Pendant le vol, elle a changé le fond d'écran de son téléphone portable. Guido y apparaît désormais, une balle dans la main, quelques secondes seulement avant qu'il ne s'échappe par le balcon de la chambre. Elle sort de sa valise le batik orné d'un motif représentant un petit varan qu'elle a acheté encadré dans le centre d'artisanat, au début du séjour. Elle le pose sur sa commode, près des deux photos de Mylan et elle prises fin juillet au photomaton de la Skihalle. Le varan est du même vert que les perroquets qui ornent la combinaison de ski de Mylan.

Cléa entrouvre la fenêtre pour laisser entrer un peu d'air. Il fait chaud, mais moins qu'avant son départ. À la télé, à la radio, les bulletins météorologiques alarmistes ont cédé la place aux perspectives liées à la rentrée. Le mercure n'est plus un sujet. L'adolescente réalise que la chaleur de la ville n'a vraiment rien à voir avec celle de la forêt tropicale en bord de mer. Au milieu du béton, on étouffe, même avec quelques degrés de moins. Mais après Kuala Lumpur en plein mois d'août, elle peut tout supporter, y compris le climat continental de Strasbourg par des températures au-dessus des normales de saison.

Son téléphone vibre. Un message de Mylan : il vient d'atterrir à Amsterdam. Deux petites heures de correspondance, une grosse heure de vol et son avion se posera à Strasbourg. Son retour en France signe la fin des enregistrements vocaux. Dommage. Elle aurait bien continué à avoir un peu de la voix de Mylan dans son téléphone comme ça, rien que pour elle et disponible aussi souvent qu'elle en a envie.

Cléa clique et ouvre le message. Mylan propose des retrouvailles *IRL* dès le lendemain à la Skihalle.

À l'évocation du dôme, Cléa les visualise tous deux dévalant la piste intérieure sur leurs miniskis. Et aussitôt après, elle pense à ces manifestants qui les ont apostrophés la veille de la séparation. « Aberration écologique », disait celui qui voulait qu'ils se joignent au groupe. Cléa se souvient qu'il leur a demandé s'ils avaient une idée de l'énergie nécessaire pour maintenir des températures d'hiver en plein été. Tout comme elle se souvient avoir pensé que non seulement elle n'en avait aucune idée, mais qu'en plus elle s'en fichait éperdument. Ça ne la concernait pas.

Cléa hésite, puis envoie « OK » à Mylan, qui lui donne rendez-vous à quatorze heures à la station de tram. Ils auront d'autres occasions de retourner chez Freddie's. Niveau brume rafraîchissante, Cléa a eu ce qu'il fallait en Malaisie.

Elle extrait de sa valise le serpentin qu'elle destinait à Guido. Elle n'a pas eu l'occasion de le lui donner, ni de jouer de nouveau avec lui. Elle pose l'objet sur sa commode, contre le cadre. Quant au tee-shirt rapporté pour Mylan, elle le place en évidence sur l'étagère proche de la porte de sa chambre afin de ne pas l'oublier lorsqu'elle ira retrouver son ami.

L'adolescente range le bagage vide dans le placard de l'entrée et va à la cuisine. Du placard à petit déjeuner, elle sort le gros pot de Nutella à peine entamé que sa mère a acheté peu de temps avant qu'ils ne partent en vacances. Elle lit attentivement l'étiquette et en observe les moindres détails, comme si la bande de papier autocollante devait lui transmettre un message codé.

Ou lui donner des nouvelles de Guido.

Cléa sait que des gens ont cessé d'en consommer. Sa mère elle-même, pourtant plutôt gourmande, y a renoncé il y a plusieurs années. Trop gras. Trop sucré. Trop riche.

C'est le dernier pot, se promet Cléa. Elle va officiellement demander à ses parents de ne plus en acheter pour préserver l'habitat des singes, des éléphants et des tigres de Malaisie. Pour que grâce à sa famille française, on plante un palmier à huile de moins à l'autre bout du monde. À son échelle, elle espère ainsi contribuer au mieux-être de ces animaux.

Ou du moins, si ça n'est pas possible, ne pas faire empirer davantage leur situation déjà critique.

Mais ce pot-ci, puisqu'il est dans sa cuisine, acheté et entamé, autant le terminer. Il ne nuira pas plus à la faune malaisienne si elle le mange que si elle le jette. D'autant que Cléa n'a pas retouché au Nutella depuis sa désagréable expérience après sa balade matinale sur la plage.

L'adolescente attrape une des cuillères à long manche qu'elle utilise systématiquement pour aller chercher la pâte à tartiner dans les moindres recoins du pot arrondi et dévisse le couvercle. Avec la chaleur, l'huile contenue dans le Nutella est remontée à la surface. Cléa plonge sa cuillère dans le pot et touille. L'huile se mélange au reste, la pâte se met à briller, elle retrouve son apparence onctueuse. Cléa contemple la cuillère, tellement appétissante. Elle soupire et, se retenant de penser à Guido, la met en bouche.

Elle ferme les yeux. Rien à voir avec le goût particulier au club, le dernier jour. C'est toujours aussi bon. Dramatiquement bon. Et ça ne l'arrange pas.

Cléa avale ce qu'elle a en bouche avant de balancer sa cuillère dans l'évier. Le couvert est rayé de larges traces chocolatées – d'ordinaire, Cléa lèche si bien sa cuillère de Nutella qu'elle paraît sortir du lave-vaisselle.

Elle revisse le couvercle blanc. Ce pot-là, elle ne le finira pas. C'était la dernière fois. D'une pression du pied, elle actionne l'ouverture de la poubelle à pédale. Le pot disparaît.

Puis Cléa réfléchit. De l'huile de palme, il y en a dans de nombreux produits. Pas seulement dans la pâte à tartiner. Elle n'a pas attendu Denis pour le savoir. Elle rouvre le placard à petit déjeuner et entreprend d'inspecter tout ce qu'il renferme. Elle lit une à une toutes les étiquettes. Les aliments qui n'en contiennent pas retrouvent leur place sur les étagères, les autres sont entreposés sur le plan de travail de la cuisine. Lorsqu'elle en a fini avec le premier placard, Cléa passe à son voisin. Puis au suivant. Elle va même vérifier le contenu du congélateur, dans l'arrière-cuisine. Bientôt, toutes les réserves de la maison ont été inventoriées. Et le butin est conséquent : le plan de travail est recouvert d'une montagne de pots, sachets et autres boîtes en carton.

S'il était là, Denis lui dirait qu'un tiers des produits que consomment les familles occidentales contiennent de l'huile de palme. C'est ce qu'elle a mis de côté.

*

Pendant ce temps, Mylan atterrit, dans tous les sens du terme. Son père l'attend à l'aéroport de Strasbourg-Entzheim, situé à quinze kilomètres du centre-ville.

– Alors, fils, le voyage a été bon ? l'accueille-t-il en lui prenant son sac.

Mylan sait qu'il devra raconter deux-trois choses des vacances au dîner, même s'il a donné chaque jour des nouvelles à ses parents par message.

– Content de voir qu'il t'a pas poussé des feuilles d'arbres au bout des doigts pendant que t'étais là-bas ! plaisante son père tandis qu'il paye le parking. Avec Arnaud, faut s'attendre à tout...

Pour fêter son retour, sa mère a commandé des pizzas : comme toujours, ses parents sont ultra débordés. Mylan est tenté de dire que ça fait plaisir après deux semaines de régime paléo mais il se retient : il n'a aucune envie que son père rigole davantage d'Arnaud. Il ne veut pas qu'on entache les souvenirs de son séjour en Norvège.

Parce qu'au cœur de celui-ci, il y a Siri.

Siri pour qui cela ne change rien qu'il se soit nourri exclusivement d'aliments qui existaient déjà il y a deux millions d'années pendant quinze jours. Comme si ce n'était pas la preuve qu'il peut évoluer.

Sans compter qu'à part le premier plat, celui dont Ailin avait complètement loupé l'assaisonnement, la nourriture préhistorique s'est avérée largement comestible.

Il a revu Siri une fois l'avant-veille. Ils se sont retrouvés près du lac, en compagnie d'Elias. Les jumeaux n'étaient plus les mêmes, avec la reprise des cours tous deux semblaient entrés dans une dynamique dont Mylan, sur le départ, ne faisait plus partie.

Ils ont quand même échangé leur mail et leur numéro de portable. Même si l'initiative émanait de Siri, Mylan s'est promis de ne pas attendre un message qui ne viendra pas. Il a eu le pressentiment que Siri l'oublierait totalement lorsqu'il serait rentré en France. Et que si elle ne l'oubliait pas, elle repenserait au fait qu'il était reparti en avion – et ça lui couperait toute envie de lui écrire.

Heureusement que l'empreinte carbone n'est pas transmissible par la salive, il n'aurait eu aucune chance.

À l'aéroport, Mylan a vu des panneaux annoncer que certains vols étaient « neutres en carbone ». Il n'avait jamais remarqué ça auparavant. Pas même à l'aller. Le temps de récupérer son sac, il a regardé sur son téléphone : on parle d'un vol « neutre en carbone » quand la compagnie aérienne investit dans des projets environnementaux qui compensent ses émissions de gaz à effet de serre.

Finalement, Mylan a cherché à mesurer son bilan personnel. Un calculateur en ligne lui a révélé que pour un aller-retour entre Strasbourg et Oslo via Amsterdam, il affiche une empreinte carbone de 691 kilos. Et que pour enrayer le changement climatique, une personne devrait générer un maximum de 600 kilos... par an. Mylan a explosé le quota rien qu'avec ces deux vols. Le calculateur lui a alors proposé de compenser lui aussi en donnant des fonds à différents projets de développement durable et de protection climatique dans des pays émergents, un peu partout sur le globe. Mylan a quitté la page.

Depuis, son téléphone n'affiche plus que des pubs pour des vols à bas prix vers des destinations ensoleillées.

*

– Qu'est-ce qui s'est passé ici ?

La mère de Cléa cligne des yeux plusieurs fois. La veille, à leur arrivée de l'aéroport, ils se sont fait livrer leur dîner. Thaïlandais, pour rester dans l'ambiance asiatique. Pendant qu'elle dégustait son curry rouge au poulet, elle a passé une grosse commande en ligne, comme à chaque retour de vacances, histoire de regarnir les étagères. Mais ce soir, avant même que le livreur ne soit passé, sa cuisine est envahie de produits en tous genres, sortis tout droit de ses placards : biscuits apéritif, gâteaux secs, biscottes et céréales au chocolat, briques de soupe et sauces toutes prêtes, pop corn, pains au lait...

– L'huile de palme fait du mal à la Malaisie, résume Cléa. Aux animaux en particulier. Je ne veux plus en consommer.

– C'est bien, ma fille, il faut avoir des combats, répond sa mère sans avoir l'air de le penser. Mais tu aurais pu me le dire hier, j'ai repris du Nutella pour te faire plaisir...

– T'es d'accord pour ne plus rien acheter qui contienne de l'huile de palme ?

– Ma commande est préenregistrée sur le site, ça me prendrait un temps fou pour vérifier les articles un à un. Mais si tu t'en occupes, pas de problème. Je te passerai mes codes.

Son portable carillonne. C'est justement le livreur.

– Il faut que tu me débarrasses ce bazar, il sera là dans cinq minutes, déclare-t-elle à sa fille en désignant le plan de travail.

Cléa prend un air ahuri :

– Tu veux que j'en fasse quoi ?

– Ça, c'est ton problème, ma chérie ! Les combats, ça se mène jusqu'au bout.

Sa mère lui tend un grand sac plastique afin qu'elle y rassemble les denrées. Toutes s'y trouvent regroupées, même les Kit Kat (qui caressent les Pringles), même les M & M's (qui flirtent avec les Tuc au saumon), et même ses Oréo chéris. Aux produits secs, Cléa a ajouté sa glace au caramel et morceaux de biscuits adorée. Ça lui a fendu le cœur, et puis l'écran de son portable s'est éclairé et elle a croisé le regard de Guido. Le choix n'était tout à coup plus aussi difficile.

– Je récupère ça, ça nous fera patienter en attendant ton père, déclare sa mère en attrapant un paquet de crackers.

Elle l'ouvre et en propose à sa fille. Tandis que Cléa secoue la tête, la sonnette retentit.

– Vous pouvez poser ça ici, dit la mère de Cléa au livreur, la bouche pleine de crackers.

Le livreur s'exécute et tend le bon de livraison. La mère signe.

Cléa s'approche du livreur et le questionne discrètement :

– Vous êtes garé dans le passage ?

– Oui, en face des arcades, répond-il sans sourciller.

– Si je vous donne un sac, vous pouvez le descendre et le laisser au pied de votre camionnette ?

Le livreur affiche une moue circonspecte.

– En pleine rue, comme ça ? demande-t-il.

– Vous inquiétez pas, ça n'y restera pas longtemps, assure Cléa. Et c'est beaucoup moins lourd que les courses que vous venez de monter.

Pour l'encourager, l'adolescente lui tend un des billets de vingt qui attendent dans le tiroir du guéridon de l'entrée précisément pour ce genre de circonstances.

L'homme hausse les épaules et prend le billet bleu. *A priori*, le poids n'est pas un problème.

– OK, si tu veux.

– Merci ! Merci beaucoup.

Le livreur empoigne le grand sac plastique, salue les deux femmes et entreprend de dévaler sans se retourner l'escalier du bel immeuble bourgeois. Cléa referme la porte de l'appartement.

Les arcades sont l'endroit préféré des sans domicile fixe en toutes saisons. Ils s'y abritent de la pluie, du vent ou du soleil. Ils y chantent, ils y dorment, ils y mangent – enfin, quand ils ont quelque chose à se mettre sous la dent.

Cléa regagne sa chambre. Les fenêtres du vaste appartement que tous les amis de ses parents leur envient donnent sur la majestueuse place Kléber. Pour une fois, Cléa regrette de ne pas avoir vue sur les arcades.

# 12

Mylan est prêt. Il est même un peu fébrile. Il a mis son tee-shirt du festival Øya. Il va avoir tellement de choses à raconter à Cléa ! Et ça le perturbe. Il sait qu'il ne dira pas un mot de son bilan carbone. Il sait aussi que celui de son amie est dix fois pire – et que la palme revient à ses parents, toujours entre deux avions. Mais ce n'est pas ça le problème.

Le problème, c'est qu'il a envie de partager avec Cléa tout ce qu'il n'a pas pu raconter dans ses messages, et qu'en même temps il redoute un peu que son amie se moque. S'il lui raconte les réflexions de Markus et Alexander ou l'éventualité que Siri vienne un jour jusqu'ici en vélo, comment réagira-t-elle ? C'est comme avec ses parents : Mylan veut garder ses souvenirs intacts.

Il retrouve Cléa à l'arrêt de tram. Elle est arrivée la première. Même s'il fait moins chaud que deux semaines auparavant, l'adolescente attend son ami à l'ombre.

– Hellooo ! lance Mylan dès qu'il l'aperçoit. Wow, comme tu es bronzée !

Le petit doute qu'avait Mylan s'envole instantanément : s'il a retrouvé les traits de Cléa chez Siri, à présent il ne voit pas tellement Siri en Cléa. D'autant que la peau de son amie a bruni plus que jamais, alors que celle de la Norvégienne était de lait.

Il lui fait la bise avec enthousiasme. Ils sont réellement contents d'être de nouveau réunis.

Les cheveux de Cléa ont quelque chose de changé, Mylan ne saurait dire quoi. Et ils sentent toujours aussi bon – même si Mylan préfère désormais à toute autre odeur celle des cheveux de Siri.

– Toi aussi ! s'exclame Cléa. Enfin, moins que moi, j'avoue. Le soleil tape moins fort chez les rennes et les castors. Cool ton tee-shirt ! Attends, j'ai un truc pour toi.

Elle lui tend le papier beige dans lequel le tee-shirt malaisien avec le gros pouce repose, soigneusement plié. Le tramway arrive.

Une fois assis, Mylan ouvre son cadeau :

– Top, merci ! s'exclame-t-il en dépliant le vêtement. Moi aussi, je t'ai trouvé quelque chose. Tiens ! ajoute-t-il en sortant de son sac à dos un petit paquet rectangulaire.

Cléa déchire l'emballage et découvre une coque de téléphone portable décorée de drapeaux de pays variés en miniature.

– C'est cool, merci ! Ça vient d'Oslo ?

– Euh... hésite Mylan. Non, d'Amsterdam, en fait.

Pas une seconde pendant son séjour il n'a pensé à acheter quelque chose pour Cléa. Il faut dire aussi qu'il n'est pas entré dans tellement de boutiques, à part les tentes vendant des produits équitables sur la pelouse d'Øya. Ce n'est qu'hier, sur le trajet du retour, qu'il s'est souvenu qu'ils avaient l'habitude de se rapporter un petit souvenir de leurs vacances. Heureusement, il était en correspondance et entouré d'enseignes en tous genres.

Le tramway ralentit. Le terminus de la ligne a un air familier, tout comme le passage entre les blocs de la zone commerciale et la traversée du petit bois. Pourtant, lorsque la *Schneekugel* se dresse devant eux, Mylan se sent légèrement mal à l'aise. Et il perçoit nettement le bruit des réacteurs, qu'il n'avait remarqués la première fois qu'en contournant le dôme. Le sens du vent doit être différent. C'est quoi, le bilan carbone d'une installation comme celle-là ?

Mylan repense aux manifestants qui ont gâché leur dernier moment en terrasse, avant le départ en vacances. Les mots du gars lui reviennent en tête. « Tout ça pour que des gosses friqués viennent faire du ski en plein été... »

– Tu as envie d'aller skier ? demande-t-il à Cléa.

– Bof.

– Luge ?

– Non plus. Et toi ?

Leurs abonnements ne sont plus valables, mais ce n'est pas de cela qu'il est question.

– Pareil, déclare Mylan, pas trop. On se pose dehors et on discute, d'accord ?

– OK, ça me va.

– Je vais chercher des trucs à boire, propose le garçon.

Cléa s'installe sur la terrasse du faux restaurant d'altitude tandis que Mylan pousse les portes battantes. Il commande deux thés glacés au citron sans accorder le moindre regard au guichet où acheter les forfaits, ni à la boutique où louer skis, planches de surf et combinaisons. Quant aux pistes enneigées qui étincellent derrière les vitres, il fait comme si elles n'existaient pas.

À l'extérieur, Cléa a repéré, dans un coin de la terrasse, un panneau oublié. Aux lettres qu'elle distingue, elle devine l'inscription entière : « *Machen Sie die Schneekugel zu !* * » Il ne devrait pas rester là longtemps : un employé va certainement le dégager vite fait. Mais cela veut dire que les manifestants sont toujours mobilisés pour faire fermer le dôme.

*

– Alors, ta copine « reconnaissance vocale » et son frère ? interroge Cléa quand Mylan rapporte les deux grands verres bien frais. Vous continuez à vous donner des nouvelles ?

L'adolescent se crispe mais fait tout pour ne pas le montrer.

---

* « Fermez la boule à neige ! »

Plus les minutes passent, plus l'évidence apparaît : impossible de raconter à Cléa que Siri et lui sont sortis ensemble.

– Pas trop, c'était plus une amitié de vacances, déclare-t-il. Et toi, les buffets à volonté ne te manquent pas ? demande-t-il pour changer de sujet.

– Non, ça va. Ça aussi, c'était une histoire de vacances ! rigole Cléa. Maintenant que je suis rentrée, je veux manger plus sainement.

Elle redevient sérieuse. Ce matin, après que ses parents sont partis au boulot, Cléa a de nouveau traqué les produits contenant de l'huile de palme présents dans l'appartement. Cette fois, elle s'est attaquée à la salle de bains. Elle a vérifié : la mousse à raser et le déodorant de son père, la crème hydratante de sa mère, le gel douche aux senteurs exotiques posé sur le rebord de la baignoire familiale, la lessive liquide et même son propre dentifrice sont à bannir. Elle n'a pas osé les jeter. En attendant les prochaines courses, elle a collé sur chacun un post-it jaune fluo sur lequel elle avait préalablement apposé son tampon tête de mort avec de l'encre noire. Tout le monde est prévenu.

– J'ai trouvé une vidéo de Danidoo à ce festival où tu es allé, au fait, reprend Cléa.

Elle s'arrête là sur son changement d'habitude alimentaire. Mylan adore le Nutella. Comme elle avant son départ pour le pays de Guido. Il lui faut un peu de temps pour expliquer à son ami pourquoi elle a décidé de ne plus consommer d'huile de palme. Promis, elle lui racontera son cheminement. Bientôt.

Mylan avale sa gorgée de travers.

– Sérieux ? On me voit ? demande-t-il

Cléa éclate de rire.

– Je crois pas, non... Mais j'ai pas regardé le public en détail, je me suis concentrée sur la scène et sur le groupe, en fait.

– Oui mais on voit les spectateurs ? T'as le lien ? s'impatiente Mylan.

– Ouais, je te l'envoie.

– Ils ont filmé *S'il vous plaît* ? demande encore Mylan.

Il ne tient plus en place.

– Y a intérêt, c'est la deuxième meilleure de l'album !

Cléa transfère le lien de la vidéo à son ami assis à vingt centimètres d'elle. Mylan ne peut s'empêcher de penser au bilan carbone de cet envoi. Mais son envie de voir le clip est trop forte. Il regarde les images avec avidité. Il joue avec le curseur jusqu'à trouver le moment de la chanson finale. Ça y est ! Instantanément, il plonge dans l'ambiance du festival. Le voilà propulsé deux semaines en arrière. Il sent l'énergie du public, la présence des autres autour de lui, Maya, Heidi, Markus, Alexander, et surtout...

– Tu materas ça plus tard... suggère Cléa qui s'ennuie. Tu l'as déjà vécu, de toute façon.

– Justement !

Mylan sait exactement ce qu'il cherche. Mais Cléa a raison : mieux vaut qu'il ne soit pas avec elle pour observer de près les spectateurs qui bougent au rythme de *S'il vous plaît*.

Au cas où il trouverait ce qu'il cherche.

L'adolescent verrouille son téléphone et revient au moment présent. Il lui raconte la fin de son séjour, la deuxième journée d'*udeskole* avec Arnaud, l'excursion à Finnemarka pour randonner quelques heures dans les montagnes arborées avec Ailin, l'arrêt dans l'atelier d'un souffleur de verre sur la route de l'aéroport. Cléa, elle, lui rapporte comment ils ont failli manquer leur vol pour la France, tout occupés qu'ils étaient à faire des achats dans les boutiques géniales de l'aéroport non moins génial de Singapour.

Mylan regarde Cléa et se jette soudain à l'eau :

– J'ai eu un crush pour Siri quand j'étais là-bas, avoue-t-il.

– Je sais, répond Cléa, à sa stupéfaction. Je l'ai deviné. J'ai même eu peur que tu tombes amoureux d'elle.

Mylan sourit, infiniment soulagé. Il peut tout partager avec Cléa, ça n'a pas changé.

– Attends, réalise-t-il tout à coup... Tu as eu peur que quoi ?

*

En quittant la terrasse, Mylan jette un dernier regard au panneau des manifestants. Il devine qu'il aura disparu la prochaine fois qu'ils viendront.

S'ils reviennent : c'est comme si, avec les vacances, la boule à neige avait perdu tout son charme. Lui, en tout cas, n'y trouve vraiment plus aucun intérêt.

Et il finira par le dire à Cléa. Mais pas aujourd'hui. L'émotion est trop forte pour qu'il soit en état d'argumenter.

# WIFI

✉

*Salut Mylan,*

*J'espère que ça ne te fait pas trop bizarre que je t'écrive… Je préfère t'envoyer un mail que discuter avec toi en tchat, l'empreinte carbone est moins grande, mais je sais que tu le sais puisque je te l'ai déjà dit.* 😉

*Je viens de signer une pétition pour faire fermer une grosse installation et j'ai regardé sur la carte pour voir où c'était, ça a l'air pas très loin de chez toi. C'est en Allemagne, proche de la frontière française. Une Skihalle, un dôme réfrigéré toute l'année pour que la neige tienne et que les gens viennent faire du ski emmitouflés, même l'été. Son surnom c'est « la boule à neige », mais elle mériterait plutôt de s'appeler « l'accélérateur de réchauffement climatique ». Ça me rend dingue.*

*Voilà le lien pour que tu signes la pétition toi aussi. Si tu pouvais le faire tourner à tes amis français ce serait super.*

*Sinon, à part ça, ici ça va, j'en ai déjà marre des cours, je commence à attendre les vacances avec impatience. Heureusement, c'est pour la fin du mois de septembre.*

*Et toi, je crois que c'est bientôt la rentrée ? Bon courage…*

*Bises et à plus, Mylan !*

*Siri*

*PS : N'hésite pas à me répondre, mais évite les conneries de gifs et les gros fichiers attachés please. L'empreinte carbone d'un mail avec une pièce jointe de 1 Mo, c'est 19 grammes. Mais je sais que ça aussi, tu le sais !* 😊

# 13

Un mail, même pour l'inviter à signer une pétition, c'est mieux que pas de mail du tout. Dans la rue qui mène chez lui, Mylan clique sur le lien. La pétition, en anglais, a déjà recueilli 11 863 signatures. Il ralentit le pas et inscrit son nom, son prénom ainsi que son adresse mail. Sa signature électronique est la 11 864e.

Aussitôt, un mail de confirmation le remercie pour son action. C'est moins de la fierté que du soulagement que ressent Mylan. Maintenant, plus question de remettre les pieds à la Skihalle.

« C'est bien la preuve que j'ai signé par conviction et pas juste pour pouvoir dire à Siri que je l'ai fait », songe-t-il. N'empêche qu'il pense déjà à la façon dont il tournera son mail quand il lui répondra.

La vidéo ! Entre la remarque de Cléa et ce mail, il avait oublié. Juste après avoir traversé, il relance le visionnage et avance directement au dernier morceau. Il interrompt sa marche et s'assied sur le muret des Fromont, ses voisins.

Trois minutes plus tard, au moment où le feu d'artifice explose, il constate que Siri et lui n'ont pas été filmés. Il est presque déçu. Ç'aurait fait un souvenir. Un putain de souvenir. D'eux, il n'a qu'une photo – la bande au complet, sur la pelouse, le samedi après-midi, trinquant en direction de l'objectif du téléphone de Markus. Siri et Mylan ne sont même pas côte à côte.

C'est une vidéo officielle d'Øya, voilà pourquoi c'est si bien réalisé. C'est quand même un souvenir. Mylan laisse le générique défiler. La dernière image, sur laquelle le film s'arrête, lui met un coup au cœur. Siri y apparaît en gros plan. En train d'embrasser un garçon, la scène avec Danidoo en arrière-plan. Mylan est impossible à identifier, mais il sait parfaitement que c'est de lui qu'il s'agit.

La chevelure blonde de Siri, érigée en symbole de la jeunesse norvégienne qui participe avec passion à ce festival vert, est chassée par un écran noir où scintillent deux mots.

Øya / lØve.

En pleine rue, Mylan sourit. Surgie de sa mémoire, une odeur bien précise lui monte au nez.

Il l'a, son putain de souvenir. C'est juste ce qui lui manquait pour tourner la page de cette histoire et se concentrer sur la suite.

*

Siri ne lui a pas seulement demandé de signer la pétition : elle l'a également prié d'envoyer le lien à ses amis.

Mylan pense instantanément à Cléa. Il hésite. Elle ne comprendrait pas qu'il l'invite à aider à la fermeture de la boule à neige alors qu'ils y étaient il y a deux heures encore. Alors que c'est lui qui lui a fait découvrir le lieu. Que c'était sa surprise de fin juillet. Que c'est là qu'elle lui a avoué avoir eu peur qu'il tombe amoureux de sa copie blonde.

De toute façon, elle ne se préoccupe pas franchement d'environnement.

Il fera suivre le lien à d'autres copains.

*

Place Kléber, Cléa se laisse tomber sur le canapé d'angle. Elle est passée par les arcades et a pu constater, en toute discrétion, que sa collecte de produits à l'huile de palme avait fait des heureux.

Elle a déjà hâte de revoir Mylan. La prochaine fois, elle veut que ce soit chez Freddie's.

Dans son téléphone, elle tape ce qu'elle a vu sur le panneau, au dôme. *Machen Sie die Schneekugel zu !* Le moteur de recherche lui propose d'emblée un site qui rassemble des pétitions en ligne. Cléa clique.

Deux minutes plus tard, son nom a rejoint la liste des signataires. Elle est la 12 057ᵉ.

Un mail s'affiche presque instantanément. « Contribuez à ce que le défi soit relevé le plus vite possible ! Partagez votre engagement sur les réseaux sociaux et indiquez ci-dessous les mails de vos proches : nous leur enverrons le lien. »

Sans hésiter, Cléa entre l'adresse de Mylan.

# ET TOI, ES-TU PRÊT(E) ?

Tu te poses des questions sur le mouvement On Est Prêt,
l'environnement en général, la déforestation,
la fonte des glaciers ou l'avion en particulier ?
Tu veux en savoir plus ou même agir ?
On te donne quelques infos et pistes pour répondre
à toutes tes questions et découvrir comment t'engager !

Tu peux suivre le mouvement On est Prêt à travers ses réseaux sociaux (facebook.com/onestpret.fr) (instagram.com/onestpret) et t'abonner à la chaîne On est Prêt sur (https://www.youtube.com/channel/UCIEqQMkk2RDJI-jQ3RmzZwQ) !

Mini-dossier rédigé par Sami Cheikh Moussa, du mouvement On Est Prêt.

# LA PROTECTION DE LA MONTAGNE

## CHIFFRES CLÉS

**Le réchauffement est deux fois plus rapide et deux fois plus marqué dans les régions de montagne. Disparition possible de la neige dès 1 200 mètres d'altitude en 2 030, à 1 600 mètres en 2050.**

La montagne, ça te gagne ? Tu ne peux pas imaginer de vacances sans chausser les skis ou un snow ? Pour autant, tu sais que les glaciers sont fortement menacés par le changement climatique et que la neige artificielle est loin d'être une solution à ce problème ? Alors tu devrais t'intéresser à l'ONG **Moutain Riders** (https://www.mountain-riders.org) ! Elle se consacre à la sensibilisation des jeunes et moins jeunes aux nombreux dangers, notamment environnementaux, qui menacent la montagne. Elle publie l'*Éco-Guide du matériel de montagne*, très utile pour s'équiper avec un minimum de déchets et d'impact environnemental. N'hésite pas à jeter un œil aussi aux actions de **Mountain Wilderness** (https://www.mountainwilderness.fr), une ONG qui travaille sur le terrain pour protéger la montagne et auprès de qui tu peux t'engager comme bénévole !

# LA LUTTE CONTRE LA DÉFORESTATION

## CHIFFRES CLÉS

**15 millions d'hectares de forêts disparaissent chaque année. Environ 2 400 arbres abattus chaque minute. La déforestation est responsable de 15 à 17 % des émissions mondiales de gaz à effet de serre.**

Tu es plus forêt que montagne ? Tu dois savoir alors que les forêts sont aussi bien des réservoirs de biodiversité que des puits de carbone. Pourtant, elles sont aujourd'hui menacées par la déforestation partout dans le monde. Toutes les 7 secondes, l'équivalent de la surface d'un terrain de football disparaît de la forêt d'Amazonie. Et pourtant, les forêts éliminent 1 % de nos émissions de dioxyde de carbone annuelles. Ces dernières années, les initiatives pour lutter contre la déforestation et planter des arbres se multiplient. Mais il est difficile de faire le tri entre ce qui est vraiment utile et ce qui relève de la com' (ce qu'on appelle le « *greenwashing* »*) car, hélas, il ne suffit pas de planter une graine n'importe où et n'importe comment pour lutter contre la déforestation. Si tu veux en savoir plus, rendez-vous sur le site de l'association **All4Trees** (all4trees.org). Tu y trouveras toutes les infos pour comprendre les problèmes de déforestation et trouver des moyens concrets d'agir pour les forêts en France ou à l'autre bout du monde. Et n'hésite pas à tester la Fresque de la déforestation pour tout comprendre des causes et conséquences de celle-ci de façon pédagogique et ludique.

Pour voir à travers les yeux d'un de ses habitants la beauté de la forêt et les menaces qu'elle subit, tu peux regarder le documentaire « **Frère des Arbres : l'appel d'un chef papou** » (vimeo.com/ondemand/freresdesarbres). Ayant reçu de nombreuses récompenses, il te fera découvrir la situation de la forêt primaire de Papouasie - Nouvelle-Guinée et le drame de la déforestation.

*Stratégie de communication et de marketing adoptée par des entreprises ou des organisations et consistant à utiliser des arguments écologiques pour créer une image faussement écoresponsable.

# L'AVION ET LE RÉCHAUFFEMENT CLIMATIQUE

## CHIFFRES CLÉS

**En 2018, 38 millions de vols, 4,3 milliards de passagers et 900 millions de tonnes de $CO_2$ directement émises alors que 80 % des humains n'ont jamais pris l'avion.**

C'est sur le transport aérien que tu t'interroges ? Nombreux sont dans ce cas ! Partout dans le monde, la question de l'avion agite les citoyens inquiets du changement climatique. Logique quand on sait que c'est le mode de transport le plus polluant et que remplacer un vol par un trajet en train permet de diviser par 45 ses émissions de $CO_2$ et donc de protéger le climat. Pourtant, l'avion reste un incontournable pour beaucoup lorsqu'il s'agit de partir en vacances. C'est une des caractéristiques de ce qu'on appelle aujourd'hui le tourisme de masse. Voici une vidéo parfaite pour toi : rejoins sur YouTube la chaîne **Datagueule** et sa vidéo « **Tourisme : Tristes tropismes** » (https://www.youtube.com/watch?v=M71Onlsd9o8). Tu verras que, parfois, les vacances, c'est loin d'être une bonne nouvelle pour l'environnement et même pour les habitants des pays visités ! Si tu te demandes comment faire autrement, on a la solution ! Tu peux aller sur le site de l'association **Notre Choix** (www.notrechoix.org) qui te donnera toutes les clés pour comprendre pourquoi l'aviation a un tel impact sur l'environnement et sur nos vies, et comment voyager autrement en France ou à l'étranger, sans avion mais avec autant de plaisir.

Ce roman a failli s'appeler *La neige ne fond pas toujours au soleil*. Tandis que tout comme les dômes, les stations de ski utilisent de plus en plus de neige artificielle, le réchauffement climatique fait disparaître des glaciers vieux de plusieurs siècles.

Et si on changeait, sans attendre l'été prochain ?

Suivez l'actualité de l'autrice sur son site internet :

www.sophieadriansen.fr